红色经典系列

把一切献给党

吴运铎——著

中国工人出版社

图书在版编目（CIP）数据

把一切献给党 / 吴运铎著. —北京：中国工人出版社，2021.3
ISBN 978-7-5008-7626-7

Ⅰ. ①把… Ⅱ. ①吴… Ⅲ. ①自传体小说—中国—当代
Ⅳ. ①I247.5

中国版本图书馆CIP数据核字（2021）第039966号

把一切献给党

出 版 人	王娇萍
责任编辑	姚 宁 李 阳
责任印制	黄 丽
出版发行	中国工人出版社
地 址	北京市东城区鼓楼外大街45号 邮编：100120
网 址	http://www.wp-china.com
电 话	（010）62005043（总编室）
	（010）62005039（印制管理中心）
发行热线	（010）62005996 82029051
经 销	各地书店
印 刷	三河市国英印务有限公司
开 本	880毫米×1230毫米 1/32
印 张	6.125
字 数	112千字
版 次	2021年4月第3版 2025年10月第14次印刷
定 价	26.00元

—— 编者的话 ——

二十世纪五六十年代，工人出版社出版了一批革命历史人物传记，如《把一切献给党》《我的一家》《赵一曼》等，伴随了几代人的成长。这些作品至今已经畅销数百万册，有的甚至超过千万册，为广大读者所喜爱，显示了强大的生命力和影响力。

而今，我国社会主义建设在各个领域取得了举世瞩目的成就，已经全面建成小康社会，人民群众正行进在不断追求美好幸福生活的康庄大道上。久经磨难的中华民族迎来了从站起来、富起来到强起来的伟大飞跃，迎来了中华民族伟大复兴的光明前景。然而，这一切是多么来之不易。从十九世纪中期的鸦片战争开始，内外交困、苦难深重的中国人民经历了太平天国、义和团运动、洋务运动、维新变法、辛亥革命、新文化运动、北伐战争、土地革命、抗日战争、解放战争等重大历史进程，在自救和自强的道路上苦苦求索。历史最终选择了中国共产党，选择了社会主义道路。

在建立和建设社会主义现代化中国的过程中，无数的中华儿女献出了自己的热血和生命。我们不应忘记欧阳梅生和他的妻子儿女在大革命期间的巨大牺牲，不应忘记年轻漂亮、能文能武的女英雄赵一曼在抗日战争时期红枪白马的英姿，也不应忘记普通煤矿工人出身的“中国的保尔”吴运铎身上所迸发出来的坚强意志……这些为中华民族伟大复兴作出重大贡献和牺牲的英勇无畏、奋发向上、可敬可爱的革命者和建设者们，将永远镌刻在共和国历史丰碑上。

2021 年 2 月，习近平总书记在党史学习教育动员大会上指出：在一百年的非凡奋斗历程中，一代又一代中国共产党人顽强拼搏、不懈奋斗，涌现了一大批视死如归的革命烈士、一大批顽强奋斗的英雄人物、一大批忘我奉献的先进模范，形成了一系列伟大精神，构筑起了中国共产党人的精神谱系，为我们立党兴党强党提供了丰厚滋养。要教育引导全党大力发扬红色传统、传承红色基因，赓续共产党人精神血脉，始终保持革命者的大无畏奋斗精神，鼓起迈进新征程、奋进新时代的精气神。

值此中国共产党成立一百周年、全党开展党史学习教育之际，我社再版重印《把一切献给党》《我的一家》《赵一曼》等红色经典作品。让我们重温经典，在回顾历史中不忘来时路，听党话、跟党走，让“把一切献给党”成为永恒的主题。

目录

童年 / 1

劳动的开端 / 11

在矿井里 / 22

觉悟 / 37

我们的工厂 / 47

入党 / 62

转移 / 72

反“扫荡” / 85

第二次负伤 / 95

新任务 / 108

制造枪榴弹 / 125
拆定时炸弹 / 137
我们的平射炮 / 146
第三次负伤 / 156
永远前进 /170
附录 /184

童　年

我是在矿山上长大的。

听父亲说，我们老家在湖北，家里穷得连瓦也没一片。祖父祖母都死得很早。父亲从小四处流浪，做过店铺学徒，做过苦工，后来流落到江西萍乡煤矿，当一名记账的小职员，才在这里安下家。

萍乡煤矿是当时中国南方最大的一座煤矿，矿工们都叫它安源山。山上山下，长满茂密的树木。山腰上，烟囱竖立，日夜喷吐着黑烟，炭粉把青山绿树都染黑了。连绵不断的高山，包围着这座矿工城。

我家就住在煤窑直井口旁的山脚下。在我童年的心里，矿井是个很神秘的地方。老人们说，那里藏着宝物，谁能得到宝物，谁就能得到幸福。也有人说，那里暗无天日，有一天太阳照进了矿井，人们就不再受穷受苦。听到这些神奇的传说，我一心想进矿井。虽然母亲不断地嘱咐我说："煤窑里小孩可不能进去，进去就出不来！"也吓不住我。我像一只初出巢觅食的小鸟，成天在矿山上跑来跑去，恨不得找个机会钻进矿井，把听到的一切都弄个明白。

离家门口不远的直井旁，煤车一溜溜地从井口运到洗煤厂。我喜欢学工人们的样子推煤车，弄得满身大汗，有时趁工人不注意，钻进空煤车，弄得一身煤灰和油污。我羡慕刷洗烟囱的工人们的勇敢，也想冒险尝试一下，挽着烟囱上的铁环，一步一步地向上爬，弄得满脸煤灰，刮破了衣服。只是，每次溜近煤窑口，都被大人赶回来……

有一天，父亲买了一只鸭子，拴在院子的棚架底下。哥哥说鸭子会浮水，不沉底。难道真有这种怪事？趁母亲没看见，我悄悄地解开绳子，抱起鸭子，一直跑到煤窑直井前的广场上，钻过了栏杆，把鸭子丢进喷水池里。

喷水池是洋灰砌的，池里都是发电厂排出的热水。水流涌过粗大的铁管，喷到半空，又倒泻下来，发出闷雷一样的响声，鸭子在池里吓得乱窜。父亲不问情由，就把我拖回家去，打了一顿。第二天，拿来一个新书包、一本新书，把我叫到跟前说：

"你在家调皮总算调够了，今年六岁啦，该上学了，明天上后山胡老先生那里念书去！”

读书本来是好事。哥哥们都上了小学，我一直很羡慕。谁知父亲偏不让我跟哥哥们一起。父亲对我说：“得找个厉害先生管管你！”既然算是一种“惩罚”，这个“上学”，我根本不感兴趣。

可是，又有什么办法呢！母亲给我换了新衣服，用手帕包了一对蜡烛三支香，还拜托邻家的张大妈送我去后山上学。

胡老先生一看来了新学生，马上换了一件长衫，端端正正坐在上首。墙上贴着一张大红纸，写着“天地君亲师”。张大妈忙着点蜡焚香，吩咐我：

“快拜老师！快磕头！”

“又不过年，干吗磕头呀？”

张大妈不回答，硬按着我磕了三个头。

在这里读书很枯燥，整天念的是“人之初，性本善”。意思一点儿不明白，先生也从不解释。你要问他，他就瞪眼。

每天我路过煤窑直井，听见围墙里的嗡嗡声，就不由得放慢了脚步。脑子里时刻想：机器是什么样子？它为什么这样叫唤？……应该去看看！

一天，我照例背了书包去上学，一出家门，跑上后山，把书包挂在树叶稠密的树枝上，就急急忙忙地跑到直井围墙门口，背着警察，溜了进去。

随着机器的响声，轻手轻脚走进了打风房。那庞大的空气压缩机整齐地排列在厂房里，巨大的飞轮飞快地旋转着，白光闪闪。这庞然大物，不息地旋转，发出隆隆的吼叫。真叫人害怕。说什么好呢？可是一见机器就叫人走不开了。我走近围着机器的铜栏杆，两眼盯着机器出神。

背后有只粗大的手搭在我的肩上。

“小家伙，你跑来干什么？”

我吓了一跳，回头一看，是司机工人何叔叔，正笑嘻嘻地站在那里。

“叔叔，那个推机器的人，躲在哪里？”

他用棉纱擦了一下油手，摸着我的头问道。

“什么推机器？”

但是他很快就明白了我的意思，笑着说：

“你这小傻瓜，这哪里是人推的，是汽，懂吗？”

也许是不忍叫我失望，他又安慰我说：

“不要紧，长大了你就会明白的。要人推还算什么机器！机器是人造的，你要它怎么着，它就怎么着。”

从那时候起，我觉得世界上最奥妙的东西就是机器了。它不吃饭，也不休息，老是轰轰隆隆地忙碌着。可是最了不起的还是工人，他能让机器听话，还能造机器！做一个管机器的工人——这就是我的第一个梦想。

我再不愿坐在冰冷的书房里，读我自己也不明白是什么意思的书本了。每天早晨，我照例把书包挂到树枝上，到处跑个够，天黑才回家。机器占据了我整个的心，甚至夜里做梦也全

是机器。这个秘密很快被母亲发觉了，她又托张大妈送我到胡老先生那里去。

“你这些天干什么去了？”先生问我。

“看机器去了。”

“我叫你去！我叫你去！”

他一手死死拧着我的耳朵，挣也挣不脱，疼得我抱住先生的大腿直转圈子。

“看机器有什么不好？偏要拧耳朵！”我想。

晚上回家，父亲问：

“你的耳朵怎么啦？”

“老师拧的！”

“为什么？”

“逃学！”母亲在旁边说。

“看机器去了，不是逃学。”我觉得母亲不公平。

“咳！你逃学去看机器，拧耳朵不冤枉！”父亲说。

这一夜，耳朵疼得要命，母亲用凉手巾给我捂着。我侧着身子睡，真想大喊大叫。到底还是咬咬牙，忍住了。

第二天，父亲领着我，去找胡老先生。

“胡老师，我这孩子太调皮，你要好好管教他。不过，拧耳朵要两只都拧，拧完这个，再拧那个。像这样一个大一个小，多难看！”

“好吧，叫他明天别来就算了！”先生冷冰冰地板着面孔，不教我了。

就这样，我离开了私塾。学校半路也进不去。母亲常为这事发愁：

“你这样下去，怎么是好啊！”

“不要紧，妈妈。将来我要当工人，造机器、开机器！”

我跑遍了整个矿山。电车厂、煤车厂、发电厂、打风房、锅炉房、升降机房，都是我经常拜访的地方。我成天在车间里混，常常连饭也顾不得回去吃。

父亲的老同事毛师傅，是修理厂的老车工，我再三请求他带我去玩。他说：

“你听话不听话？”

“带我去吧，一定听话！”

我们走进了修理厂。几百部加工机械——车床、刨床、钻床，还有许多特别的工作母机，都整齐地排列着。头顶上的起重机，拉着沉重的机件来回走动。这里能修理全矿山的机器，也制造机器。这里的机器和我以前看见过的完全不同，以前看见过的打风机、发电机，都不太了解它们为什么要那样旋转。可是这里的刨床、旋床，却能看见它们工作的结果。成块的钢料卡在床子上，机器一动，一剥一层皮，就变成了光亮亮的机件。在锻造间里，起重机从炉里拖出通红的钢铁，送到了蒸汽锤的铁砧上，蒸汽锤猛烈地打击大铁块，火花四射，光彩夺目，比烟火还美。在工人手里，不管多坚硬的钢铁，都变得非常驯服。什么时候能像他们一样，站在车床旁边干活呢？我真盼望自己快长大，做个工人！

在那一边，工人们拿着钢的工具刀，在旋转的砂轮上一碰，便喷射出五彩的火花，刀子立时锋利无比。我想起前几天为了造玩具枪，把厨房里的菜刀砍坏了，惹得母亲天天埋怨。这回可好了，把菜刀拿来磨快，让母亲欢喜欢喜。

第二天，我把菜刀藏在衣服里，进了车间。趁大家不注意，拿出菜刀就往砂轮上碰，不料，火花一闪，菜刀脱手飞出，几乎砍在脚上，我右手震得发木，瞪着眼直发愣。

毛师傅发觉了，马上走过来拾起菜刀，替我磨好，责备我说：

“你再乱动手，就不许你来了。这是好玩的吗？”

他看见我那伤心的样子，又和气地摸着我的头说：

“孩子，你还小哩！”

我非常尊敬毛师傅。心想，像毛师傅那样的人，都是些特别的人，机器不敢不听他们的话。什么时候我才能学到他们那样的本事呢？

跟工人们混熟了，他们送我一些小锤子、小凿子、小锉刀，我很爱这些礼物，心想，他们送我这些东西，就是要我也锻炼成像他们一样的人。

到秋天，我进了煤矿小学一年级，每天和哥哥们去上学，念“大狗叫小狗跳”。但是心里老记挂着机器，放了学，总要绕到后街铁匠铺门口去看打铁。

这学校是教会办的。早晨的第一课，是趴在礼堂里做祷告。许多孩子受不了，就把后院的单砖墙拆了个大洞，祷告一开始，就一个个偷偷地从洞口钻出去；等上课钟响了，再爬进来。我也跟他们一起爬出爬进。日子一长，被训育主任杨胡子发觉了，他在袖管里藏着竹板，堵在洞口，每人给了五板。可是，第二天，我们又开了新的洞口。

大考结束后，成绩单送到家里。哥哥们都升了级，我的功课不好，留级一年。

父亲给哥哥们买了些彩色画片作奖励。还当着哥哥们的面对我说：

“你打算留级到胡子白吗？”

哥哥们也故意拿着彩色画片，在我面前摆来摆去。他们一走过来，我就闭上眼睛。可是心里难过，觉得丢人。

这年冬天，我约束自己，整天在家里复习功课。虽然还是想念车间，到底没出过家门。

第二年，我升级了，考试分数超过了二哥。二年级大考，我和大哥都得了甲等第一名。父亲逢人就夸奖我们有出息。

但是，我并没忘记要做一个工人。我在工厂外面的渣子堆里，拾来一些碎铁片、洋钉和铁丝，又找到一个罐头盒子。我把树枝切断，卡在罐头盒口上，两头钉上小洋钉，在小树枝中间系一根长绳，做成了一只打水的吊桶。

我跑到一个水池旁，肚子伏在栏杆上，把小桶投进水里，可是它不肯下沉，我猛地向前一扑，想趁势打上水来，谁知两脚腾空，一头栽进池里去了。我刚张口叫喊，一股水灌进了肚子，一喘气，鼻子里又吸进一股水，接着水往鼻子嘴里直灌，急得我在水里乱抓乱滚。幸亏挑水工人老陶把我拖上来，还照我头上打了两巴掌，说有冤魂附体。

老陶把我放倒在地上，一手顶着肚子，一手按头，控出许多黄水。也不管我愿意不愿意，就送我回家。父亲照例又打了我一顿。

夏天，锅炉房后山的贮水池里常有大孩子洗澡，我心里又痒痒起来。想下去，又怕再挨淹。一时拿不定主意，愣愣地站在那里。

“下来吧！”小仇两手在水里扒了一下，向我招呼。

“我不会。”

“那怕什么，我教你！”

他两脚扑通扑通打着水面，激起一团团水花。我的劲头被勾起来了，连忙脱了衣服，下到水里，小仇在池边托着我练习划水动作。我使劲地打水，一高兴忘记了危险，脚一滑，落进了深水地方。我两手一使劲儿，划出了水面，刚一冒头，又沉下去了。小仇脸也吓白了，急忙爬上岸，抱一根粗树干，推到池里，我一冒头，抓住了树干，小仇趁势把我拉上岸来。

从这以后，我天天到池子里去，到底学会浮水了。

劳动的开端

安源煤矿工人的斗争，在中国革命历史上占有光辉的一页。三十多年前，中国共产党就在这里领导了工人运动。党首先创办了工人补习学校，教育工人群众，发展党的组织，接着成立了工人俱乐部，进一步把工人组织起来。还办了四个职工子弟学校，职工子弟不用花钱，就可以进学校里念书。

1927 年，我整整十岁，在东区职工子弟学校念四年级，并且参加了矿上的儿童团，担任宣传员。

工人俱乐部是工人自己出钱盖的一座三层大楼，背后靠山，前面是大广场。礼堂正面悬着“全世界无产者，联合起来!”的大标语，两边还挂着斗大的红彩球。每天下课以后，我们背着洋鼓洋号，到广场上吹打。有时也在俱乐部看戏、听讲演。俱乐部里一天到晚不断人，它是组织矿工斗争的中心。

这年9月，官僚资本家和军阀派兵封闭了工人俱乐部，逮捕了工人领袖黄静源。工人们赶来抢救，反动派用排枪向工人射击，有两个工人当场牺牲了。黄静源被敌人捆绑着，愤怒地质问反动军官：

“我犯了什么罪？”

反动军官答不上来，只反问一句：

“你还敢打倒帝国主义吗？”

“打倒帝国主义！”

敌人用尽威胁利诱的手段，逼他供出党组织的活动，又问他谁是共产党员。黄静源冷笑着回答：

“闭起眼睛一个没有，睁开眼睛到处都是！你们能杀死我一个，杀不尽全中国人民！”

敌人在工人俱乐部前面的广场上，把黄静源杀害了。他临死前还高呼：

“中国共产党万岁！”

当天晚上，矿工们冒着生命危险，抢出烈士的遗体，连夜送到七十里以外的醴陵去。还在他就义的地方埋下一根树桩作为标记，并且在长沙举行了盛大的追悼会。

不久，第一次国内革命战争开始了。1926年夏天，北伐军从广东打下湖南和江西以后，安源煤矿总工会公开出现了，八方井煤窑口扎起了高大的牌楼，牌楼上写着“也有今天”！矿工们拔掉早年在广场上埋下的树桩，竖起一根一丈多高的木牌，上面写着：“黄静源烈士就义处”。周围的栏杆上挂满了花圈。安源煤矿工人成立武装纠察队，参加了革命战争。

1927年4月，蒋介石反动集团叛变了革命。国民党反动派的军队开到安源，疯狂地屠杀人民。安源煤矿变成了一座屠场，每隔三两天，就见敌人绑着一批人在工人俱乐部前面的草坪上枪杀了。革命者的鲜血染红了广场上的黄土和绿草。

最使人不能忘记的，是安源矿工武装领袖杨士杰和株萍铁路工会主任朱少连的被害。朱少连在就义前还给他岳母写信说：

“不要伤心，革命一定要胜利！”

杨士杰被敌人拷打了七昼夜。敌人用烧红的铁钉，钉住他的四肢和胸口，他还忍痛高喊：

“蒋介石你瞧吧！将来一定有人来收拾你！”

革命的疾风暴雨过去了，那血的记忆却永远不能从我幼年的心里抹去。

国民党反动派占领萍乡以后，学校停办，我就失学了。接着，家庭生活也陷入了绝境。

父亲平时省吃俭用，攒下几个工钱，全存在萍矿银行里。同事和朋友们劝他在湖北老家买点田，置几间房屋，给晚年留个落脚的地方。但是父亲不要田地，也不要房屋，只想让孩子们念些书，学些本事，把他们培养成人。

父亲的梦想完全破灭了。

在敌人暗无天日的统治下，煤矿陷入不死不活的半停顿状态。银行一倒闭，父亲一辈子的血汗钱都白扔了。矿上又趁机滥印“矿票”，市面上谁也不收，工人拿着废纸买不着东西，只好用它当手纸。

我们兄妹七个只会张口等吃，这对父亲是个很沉重的负担。家里生活越过越苦，开头还有点儿稀的喝，后来连稀的也难喝上口。家具卖完了卖衣服，衣服卖完了卖破烂。要米钱、要油盐钱的债主们，成天找上门来，坐着不走。

父亲看着一家人挨饿，只是叹气，有时弄到一点儿吃的，家里人口多，也不够吃。弟弟妹妹围着母亲直嚷。母亲含着眼泪说：

“好孩子，让爸爸吃饱，好出去挣钱。”

父亲把稀菜粥还给了母亲说：

“先给孩子们吃吧。”

父亲捧着头坐在桌子旁边，落下辛酸的眼泪。

母亲低声下气地应付那些催命债主，还要哄孩子们。大哥被送进萍矿医院学医，那里管吃不给钱。二哥急得没法，饿着肚子跑到大街上，挤在人堆里听大鼓书。

这一年，我十二岁，看见家里这样子，心里像油煎一样。我不能眼看一家人挨饿，我要靠劳动解除饥饿的威胁。

萍乡煤矿四面环绕着高山，矿区东北的深山丛林里，丰富的煤藏快接近地面，人工开采的小煤窑，星星点点地散布在这深山里。

土窑完全靠人工采煤。窑主们随便挑个地方，挖一个斜洞，就算是煤窑，工人出进连腰也伸不直，像狗一样爬进去挖煤，又像狗一样把煤从窑里拖出来。窑顶常常倒塌，压死人。窑主害怕工人不下窑，就在洞口摆个泥菩萨，挂上一块写着“确保平安”的木牌，天天烧香上供，迷惑工人。

从山里往外运煤，也同样靠人工，挑脚的把煤一担一担地送到车站。许多穷孩子都去挑脚，卖力挣钱，我也打算挑煤去。

我去找从小在一起玩的小赵商量，想叫他带我去。小赵歪着脑袋，把我左看右看，笑了笑说：

“得了吧！你也挑得动煤？像个瘦猴子，不要让扁担把你压扁了！”

“我的力气大得很，不信，咱俩比比看！”

“比什么！你要去就去吧，明天早点儿起来。”

“今晚不睡也可以，明天我去找你！”

要挑煤半夜就得动身。家里没有灯笼，我跑到电机房，找了些用过的油棉纱，在机器上擦了点机器油，绑在木头棍子上，准备点着照路。

母亲知道我要去挑煤，心里不忍，可是又不愿意眼看着孩子们挨饿，只是不声不响地爬起来，送我到门口外面。我约上小赵，匆匆忙忙走了。

我们爬过几座山，穿过几处树林，赶到了挑煤的地方。哪知来得太早，小煤窑办事的地方，一个人影也没有，两扇门关得紧紧的，里面的人都在睡觉，也没有灯光。只有窑口上泥菩萨面前的残香，闪着微弱的火星。

屋檐底下有两张方桌，是窑上开票记账用的，我看天不亮，就睡在桌上。我睡得正香，忽然向下一跌，好像掉进一个无底洞，摔得浑身疼。原来是桌子被人抽掉了，矿上的办事人来开磅秤煤了。

我爬起来揉揉胳膊，心想：出门做工真不容易，穷人到哪里都要受欺侮。

我很想多挑一些，试了试，挑不动，又去掉一点。矿上的办事人不耐烦地说：

“你要不挑就算了，别找麻烦！”

我赌气挑上就走。

我挑着煤赶路，一开头还跟得上人家，走出一二里就渐渐赶不上了。扁担把肩膀压得生疼，担子从左肩换到右肩，又从右肩移到左肩，换来移去，左右都吃不住劲了，只好歇一歇。哪知挑东西走路，越歇越想歇，越歇越觉得担子重。不一会儿又要爬山。这山连一条路也没有，那些人蹚出来的小路，光溜溜，跟滑板一样，一步三滑，肩上的煤筐来回晃荡，像是甩秋千，直到中午才爬上山头：解开衫子一看，肩也肿了，皮也破了。

我鼓起勇气，挑着往前走。一不留神，被石头绊了脚，一个跟头栽倒在半山腰，胳膊和腿擦破好几道伤口，煤炭也撒了一地。眼看太阳落山，挑煤的人早走远了，只剩下我一个人留在荒山上，离车站还有五六里路，就是挑到地方，收煤站也收秤关门了，怎么办？

红肿的肩头跟滚水烫过一样疼，腿上的伤口不住地流血，只好挑着两只空筐子回家。

一进门，我一头倒在床上，一动也不想动，饥饿和疲劳完全征服了我。母亲走过来轻声问道：

“孩子，你怎么啦？”

我只简单地说，煤炭没挑到站，都扔在半山腰了。母亲含着眼泪给我打来洗脚水，我怕她看见碰破的伤口又要难过，不肯下地，对母亲说：

“妈妈，不要紧，我明天还去挑。”

“你吃过饭了吗？”

“我不饿。”

第二天一早，我喝了一碗野菜粥，又翻过高山去挑煤。扁担一压上红肿的肩头，头上就直冒冷汗，我想应该趁力气还没使尽的时候，多赶几步路，免得磨到天黑又误了事，就咬紧牙，两脚不停，一直把这担炭挑到了车站。

冬天，大雪盖遍了安源山，暴风裹着团团碎雪、裹着煤屑，搅得天昏地暗。饥寒把许多矿工驱赶进深山野洼，父亲推着沉重的独轮车，儿子拖着绳子在前边拉。雪地上踏出了一条黑色的路。有时不留心，腿陷进雪堆；有时被暴风一卷，连人带车从山腰一直滚到山底。

我挑着箩筐，从早到晚，夹在人堆里奔走。身上穿一件破棉袄，拦腰拴一根草绳，赤脚穿着草鞋，脚被碎冰块割出一道道血口子。山路又滑，走一步，身子不住乱颤，等赶到地方，煤也快丢光了。像这样累得半死不活，一天也难挑满一担煤。不能白受这份罪，得找别的门道了。

去锅炉房拣炭渣，一担炭渣可以卖十多个铜元，有的人一通夜能拣五六担。我觉得比挑煤合算，就找了一个旧畚箕去拣炭渣。

天一黑，我把畚箕往背上一挂，趁警察不注意，钻进了锅炉房。那里摆着一排锅炉，好像是一队听候命令的士兵。工人们不时打开炉门，举起钢铲，一铲又一铲地把煤投进那火光熊熊的炉膛里，煤炭立时变得像稀泥一样柔软，不一会儿就闪起淡蓝色的火苗。工人们不时发出吆喝声，给自己助威。

烧锅炉的工人，要在晚上 9 点钟以后，才把炭渣从锅炉里掏出来。时间还早，我跑到锅炉背后的烟道旁边，把畚箕放在地上，底朝上当枕头，倒下头就睡。雪花伴随着北风，从屋檐下钻进来，落在身上，化成水珠。我紧紧地靠着温暖的烟道，一会儿就睡着了。

突然沉重的竹鞭抽在身上，把我从睡梦中惊醒。一骨碌爬起来，揉揉眼睛，屁股又挨了一脚，原来是查夜的警察来了。

“谁叫你来的？小东西！”他凶声凶气地吼叫着。

我忙去抢畚箕，警察举起鞭子又抽过来，我闪开了，拔腿就跑。警察还不放松，在后面紧追。我跑过横在铁轨上的煤车，弯腰拾起一块煤块，朝他打去。警察挨了一下，翻过煤车又追。我绕着煤堆转了两转，跑出锅炉房。警察气呼呼地打开锅炉门，把我的畚箕丢进火里。

外面雪下得更大了。路上一个人也没有。喷水池的水珠一落在破棉袄上，马上结成一块块冰花，冻得我上下牙直打架。我推开屋门，家里人都睡了，母亲还在昏暗的灯光下补衣服。见我空手回来，她吃惊得睁大了眼睛，随又凄然一笑，好像是说：孩子平安回家，这比什么都好。

我在门背后，又拿起一个畚箕，转身就走。母亲追过来，一把拖着我，颤声说：

“别去吧，你的脸都冻青了！”

“不怕，妈妈。你去看妹妹吧！”

我挣脱了手，背上畚箕，向锅炉房飞跑。

工人们正在清炉。通红的炭渣从炉里拉出来，用水一喷，蒸汽、炉灰搅成一团雾，呛得人张不开口。拾炭渣的穷孩子们哪管这些，只顾围着渣子堆，寻找没烧尽的炭渣。

我拾满了畚箕，背着警察，把炭渣运到外面堆起来。就这样，来回拣到天明，再把炭渣挑到大街上去卖。

日子长了，手指上烧的泡结成了又厚又硬的茧子；赤脚走在煤渣堆里，也不怕疼了。患难把穷苦的小伙伴们结成一体，大家轮流放哨，监视警察。远远看见警察的影子，放哨的喊声“来了”，都跑出去躲起来。警察一走，打一声口哨，又回来照样拣炭渣。

穷人和穷人总是心连心。那些烧锅炉的工人们，不等煤炭烧透，就拉出来用水浇灭，好让我们快点拣走。我又邀二哥来当帮手。就这样，勉强维持了一家半饱的生活。

寒冷的冬天过去了。冰雪融化，大地发青，满山的白茶花，发出醉人的清香。但是，春天并没给矿山带来繁荣。那些官僚资本家们趁火打劫，盗卖资材，假报工名，还印发“鬼票”，坑害工人。他们就靠这些不义之财，养得又肥又胖，工人越倒霉，他们越享福。工人们都说他们是“吃冤枉的”。许多机器拆走了，许多机器生了锈。工人们拿不到工钱，还要日夜做工，防备大水淹塌相依为命的矿井。

矿工们更没有忘记那血海深仇。早晨，太阳一出来，煤窑口的石壁上，就出现了斗大的白字：“打倒国民党！”煤车出窑，每个车皮上都有石灰水写的大字：“打倒蒋介石！”不屈的人们坚持着斗争，革命的心不死，革命的火永远不灭！

从春到夏，父亲失业在家，成天发愁。我仍旧背着畚箕，到锅炉房拣炭渣。秋天，新谷上市，听说后山红薯便宜，卖完炭渣，我又挑着箩筐，到后山买红薯。我们家吃不起白米，红薯就是上等饭食。

我的肩膀磨得结实了，挑三五十斤也不觉得吃力。这天黄昏，我刚爬上后山，就见一群人迎面走来，有的背着雨伞，有的背着小包裹。我只认得其中一个是修理厂的工人，他还送过我一把小锤子。我把筐子放在路边，拦住他问道：

“叔叔，你们到哪里去呀？”

“上井冈山！找我们的救星去！”他指着东南边。

“找红军吗？”我丢下扁担，“我也去！”

他摸着我的头，微笑着说：

“不行，老弟！你还太小。赶快长大，做个有用的人，等我们胜利回来，咱俩一起开机器！”

我含泪站在那里，望着他们的背影消失在山头那边，直到月亮爬上东山。

在矿井里

矿山再没有什么指望了。父亲只好拖儿带女，逃回湖北老家去谋生。一家人逃到湖南的洞庭湖旁，钱花光了，没钱买火车票，父亲急得在湖岸上来回转圈，望着茫无边际的湖水发愁。

湖旁停了一只小拖轮，是从武汉来湖南运木排的。父亲恳求他们顺便带我们一家回湖北。船上的工人们一口答应下来，给我们找了一块小地方，一家人躺在锅炉顶上，逃到了武汉。

父亲从小就流落外乡，亲戚朋友们见父亲穷着回来，谁也不敢沾边儿，饥寒仍旧无情地威胁着我们。父亲又带着一家人，逃到湖北省大冶县。

大冶的石灰窑（地名）面临长江，左右和背后是连绵不断的高山峻岭。这里蕴藏着丰富的铁、煤、石灰石和其他矿产，官僚资本汉冶萍公司设有大冶铁厂，还有四个煤矿、一个水泥厂。

江岸上耸立着鼓风炉，高大的烟囱插遍了山脚，黑烟结成乌云，笼罩着矿区。火车匆忙地顺着江岸奔跑，把褐色铁矿石从山里运到铁厂。煤矿的空中索道，越过了崇山峻岭，钢索上的煤斗，满载着煤炭，穿过那一架一架竖立在山顶和山腰的钢塔，一直把煤从深山里运到停在江边的大轮船上。

父亲的老同事们，很早以前就从萍乡煤矿回到湖北，在这里的富源煤矿做事。有一个姓高的同事在煤矿当采煤工程师，由他介绍，我们弟兄几个先后进煤矿当了学徒。

第一天清早，我怀着愉快的心情，走进了工厂。心想：从今以后，我就可以成天和机器做伴，学会管理机器、制造机器。特别使我高兴的是，童年的梦想将要实现：人们将要叫我“工人”了。

机电工程师把二哥分派到机器修理间，把我分派到电机间。工头带我到陈师傅面前认了老师；又把师兄叫来，要他交代工作。师兄顺口说道：

“早晨上班以前要烧开水、泡茶、扫地、打洗手水……”

“记住啦？以后就看你的了！”工头说完转身就走了。

这年春季，井底发大水，直井里的水泵日夜不息地把水从深井里抽出井外。黄黑色的井水，通过许多水管，在井外汇合，流成了一条小河。谁知最大一部水泵的电动机突然发生了故障，井水灌满了井底蓄水池，接着淹没了井下铁道。

老师傅们忙着换下井的衣服，收拾工具和材料，师兄对我努努嘴：

“准备吧！”

头一天就下煤井，真是好运气。我忙把沉重的装工具的小铁桶，往肩上一挂，随着师傅们踏上了升降机，降落到煤井里。

这里离地面有几十丈深，太阳光射不到井底，四周一片漆黑，污浊的空气夹杂着细小的煤灰，钻进鼻孔里，使人感到窒息。煤窑里四面八方到处冒水，汇成一支汹涌的水流，冲进蓄水池。煤道的拱架受了潮湿空气的侵蚀，木柱上长出一种白色霉菌。

在暗淡的电灯光下，那忙碌的运煤矿工们，把一车又一车煤炭从窑里的远处推进了升降机。泵房是砖砌的一个大拱道，里面排满了各种抽水机，有电动的，有蒸汽的。粗大的水管伸入蓄水池，拼命地吸着水，尽管它们日夜不停喝着水，可是池水老是满满的，好像是永远也喝不干的大海。

蒸汽水泵喷出粘腻腻的热雾，笼罩了泵房，蒸得人浑身淌汗。起重机把巨大的电动机移开，大家脱光衣服，站在水里抢修。我蹲在旁边，拿着手电灯替师傅照亮。

突然，我浑身剧烈地抖动起来，原来手电灯的电线皮磨破了，漏电抓住了我。陈师傅急忙冲向配电盘，扯开了电门，我两脚一滑，从水泵底座倒栽下来，摔在铁轨上。

大家把我抬起来，放到木板上，脱去湿衣服，我半晌才缓过气。我忍着疼痛，直忙到半夜，修好了水泵，才随师傅们出窑回家。母亲含着眼泪，为我洗净背上的血迹。

第二天，曙光还没有透过窗棂，我又悄悄起来，摸着黑穿好衣服，想在汽笛没响以前赶到车间。我怕惊醒家里人，踮着脚尖拉开门闩，又返身把门掩好。只听父亲在黑暗的角落里，长叹了一声。

车间里还没有人影，我提着茶壶去厨房里烧水冲茶。身上一阵困倦，坐在炉旁，就蒙蒙眬眬睡着了。

汽笛响了。等我惊醒过来，火上的铁壶没有了。仔细一看，壶水烧干，铁壶烧脱了焊，只剩下几块通红的铁片，躺在炭火上。

我急忙又找来一把铁壶，守在炉旁，烧开了水，冲好了茶，又急忙提着沉重的瓷壶，匆匆下坡。因为昨天受伤熬夜，浑身骨头又酸又疼，一不小心，踩到了一块石头，两脚一滑，一个倒栽葱跌在地下，大瓷壶摔成几块，开水四下飞溅，手背烫起了许多水泡，心想祸是闯下了。

“什么时候了，还不给我沏茶？”工头堵着门口嚷道。

我伸出烫伤的手给他看。

“烫死你活该，我管得着吗！给我拿茶来！”工头只管瞪眼。

我再也忍不住了，就气冲冲地回答说：

“茶壶我摔了，你瞧着办吧！”

“好小子，你还敢造反哪！”

工头一搂袖子，就想打人。陈师傅走来拦开了我们，把我拖到发电厂的窗外，嘱咐道：

“吃点儿亏算了，跟他闹气没有好处呀！”

果然，以后工头就挖空心思跟我为难。那些受苦的粗活，总少不了我。有一次，工头硬要我清洗煤气过滤器，我刚钻进去，就被煤气熏倒。等人发觉，把我拖出来，我嘴角直冒白沫，只有一丝气息了。

学徒生活既无白天，也无黑夜，什么时候喊你，什么时候得在眼前，挨打受骂、钻锅炉、爬煤窑，拼死拼活干到月底，落得三块工钱，再给工棚管伙食的扣去伙食费，连剃头都没钱啦。那时候，我还不明白受穷受苦的道理，觉得世界不公平，是因为坏人太多，铲除了坏人，就不会受气。或许学会本事，多挣点钱，生活会好一些。因此，就一心一意钻研技术。对机器和电气方面不明白的问题，也越来越多，只是没有地方能找到答案。

不下窑，我就在车间学做电气钳工。老虎钳太高，我找两块砖垫上脚，站在那里学打锤、学锉、学焊。陈师傅把钳工技术一样一样教我，我照样地做，可是电是什么呢？煤气发动机为什么自己会转呢？发电机为什么会发电呢？……这些童年时早就疑惑的问题，现在更使我不能安心了。我不能满足于这些打锤、锉锉的操作，我要弄清这些“为什么”。可是去请教谁呢？师傅也是一辈子受穷受苦，没有迈过学校门槛，虽然有一手精巧出众的手艺，却不能作原理上的说明。他凭的是经验。如果你问他电是什么，他会惊奇地望着你：

“你疯了吧？电就是电呀！”

去问问工头吧，他嘴上常挂着“将钱学艺”，没有钱别想惊动他，我除了几根瘦骨，哪有钱送礼？再说那些师兄们的父母，逢年过节，为了送礼，往往押当、借债。可是师兄们还不是也一样不知道电是什么吗？他们比我好的，只不过是少受点儿气，少钻煤窑吃苦罢了。

想来想去，只有请教书本了。我把希望寄托在书上，相信书本能解答各种疑难，告诉我从师傅那里学不到的东西。

我搬来一架梯子，爬上车间的阁楼，把里面打扫干净，用旧报纸糊好顶棚，装了电灯，搭了个木板床，找了个装机器的破箱子，底朝天当桌子。一下班，我就钻进阁楼读书。我买了一套工业小丛书，书里讲的有交流电机和直流电机，有发电机和电动机，有内燃机，还买了几本浅显的物理学。我如饥似渴地读着想着，恨不能把书吃到肚里去。

夏天，屋顶的瓦晒得滚烫，伸不直腰的阁楼里热得像蒸笼。冬天，猛烈的北风由瓦缝吹进阁楼，冷得像冰窖。可是我被书本紧紧吸住了，常常忘记回家吃饭。书给了我热力，给了我快乐，也改变了我的生活。以前干活，师傅怎样教，我就怎样做。

动起手来，总不免有些顾虑。活做完了，自己心里也没底。现在，做的和读到的道理一碰头，我就渐渐明白了为什么要这样做，干起活来，信心也大了。

那些出身贫苦的师兄弟们，多半不识字，学习技术更困难。我也常常把自己学到的东西告诉他们，我们利用晚间的工夫，在车间里开了技术讲座，我把书上的东西讲给他们听。师兄弟们不再赌钱和胡逛了。

有一天，锅炉房散热用的电风扇出了故障，电动机的线圈烧毁了。矿上从没有人能换电动机的线圈，以前都是送到汉口去修理。工头为了露一鼻子，要亲自动手。他傲慢地说："这回看我的！"

电动机抬进了工头的办公室，只有工头的小舅子被叫进去，还紧紧地关上了门窗。

半个月以后，电动机修好了。工头叫人抬出来，接上电线试验。

开关一开，电动机发出一声牛吼，射出火花。工头眉毛眼睛都活动起来，正想吹嘘几句，忽然那电动机颤抖一阵，不动了。工头眉头一皱，冲师兄们骂道：

"看什么，快给我干活去！"

晚上，我独自一个人留在车间里。一股好奇心，使我想了解一下电动机的秘密。我拆开了电动机，拿着书本，一行行对照查看，发觉是线圈不够长，而且绝缘不良，引起短路，工头

做的和书上说的不一样。心想，要是我也来做一次，那该多好。但是，工头修不了，更不让别人修。那部电动机，到底还是运到汉口去了。

当学徒的，照规矩应该“吃三年萝卜干饭”才能出师，而我只吃了一年半，在17岁那年出了师，正式成为一个机电工人。机电工程师还分给我带两个学徒，吴昆和小阮。同事们一见我们就笑着说：“小师傅带小徒弟。”

矿工在阴森森的煤井里，一天要干12个钟头的活，早晚跟太阳不照面。换班的汽笛响了，窑外的矿工们背上鹤嘴锄，提起电石灯，脸色阴沉地走到窑口。升降机把他们送到黑洞洞的煤窑里，谁也不知道自己明天能不能活着出来。那些刚出窑的矿工，就像是刚从黑色染缸里爬出来一样，只剩下眼珠旁边一星白点。他们庆贺自己又活了一天，高声吆喝着奔往洗澡池。人人都说：进窑就是鬼，出来才算人。

煤窑里，老鼠成群结队。送饭的工人一进窑，老鼠从顶棚里跑下来，围着饭桶转。矿工蹲在地上吃饭，老鼠也跑来要吃的，好像是和工人聚餐，一点儿也不怕。矿工们要是一天不见老鼠，反倒不安起来了。预料矿井底下将要发生火灾，或是大水要冲倒煤窑。大家都说老鼠能掐会算，老鼠算到有灾难，早就逃走了。不信，你看每次灾难过后，总找不到死老鼠。

在涨水的季节里，每天工人一进窑，母亲和妻子就在家烧香求神，祈祷亲人的平安。算命瞎子敲着小铜锣，成天在工人住处转圈，为矿工判断祸福。这灾难的季节，是在亲人的祈祷和眼泪中，是在深沉的痛苦和担心中，一刻一刻挨过的。

尽管矿工们敬重老鼠，尊称为“高老爷”，尽管家里烧香敬神、算命卜卦，可是灾难还是不断发生。有时候大火燃烧，有时候地底下的大水淹了矿井，有时候顶板塌了下来，……常见一车一车成十上百的矿工尸体，丢在煤车上，随着煤炭从窑里运出。荒坡上的新坟，一年多似一年，每逢阴天晚上，荒坡上就闪烁着点点磷火。老年人们传说着，说那是矿工不屈的眼睛。

我在矿上，眼见许许多多伙伴残废了，流落在街头要饭，晚上躲在市场里卖肉案子旁边，和狗挤在一起过夜。眼见许许多多人的妻子成了寡妇，沦落为娼妓。有些人灰心丧气，喝酒赌钱混日子。

我出师以后，每天只拿三角工钱。父亲一直找不到事情做，我们弟兄几个做工，勉强只够自己吃，养不起家，母亲和妹妹替人家洗点衣裳，收入也有限。家里的生活照样苦。父亲经不起生活的熬煎，慢慢变得疯疯癫癫，后来得了瘫痪病，成天躺在床上。到大冶第二年，没有过完冬天就死了。

矿工们最害怕春天。一到春天，事故就一天比一天多。这年大水冲倒了煤井，灌满了第三层直井，淹了井底所有的采煤横井。矿主为了继续采煤，在竖井中，用升降机吊着电动水泵抽水。

水泵安在井口，抽完一段，用升降机吊起来，着人下去垫好枕木，再往下移。就这样白天黑夜地抽水，凶猛的水流还是直往上翻。

这直井不是砖砌的，只用洋松木搭起架子，四周安上木板，一层叠一层，一直从井底叠到井口。这天又要移动水泵了，苦差事照例派到我头上。我和机器修理间的工人们攀着木架往下溜，安好枕木，移下了水泵。最后，还得安一盏电灯，我背着工具袋，提着电石灯，爬上爬下。我抱住一根木柱，想把线接上，不料这粗大的木柱被水泡烂了，两手一使劲儿，木柱就倒了下来。我随着木柱左碰右撞，直往井底落。电石灯掉在井下摔碎了，煤井里黑洞洞的，什么也看不见。眼看要粉身碎骨，忽然被下井的梯架挡住，一头撞到搁梯子的木板上，虽然摔昏了，却没有掉进井底。

在井口等我的伙伴们，听见这可怕的响声，都趴在井口往下看，喊了半天也没回声。他们找来了畚箕和吃饭的筷子，一起顺着木梯爬下来，打算用筷子来拾我的碎骨头。

下完第五架梯子，才发现我一只手挽着梯脚，昏倒在木板上。他们马上用绳子捆住我的腰，把我抬到升降机吊篮顶板上，司机慢慢开动吊篮，把我送出了井口。

工头走过来，冷冷地看了一眼说道：

“回家给老祖宗烧香磕头吧！没死就算便宜。”

第二年春天，煤窑又被大水冲倒，一时无法恢复。老板决定和后山的富华煤矿合并，改名源华煤矿，并且趁此机会大批裁人。在翻砂厂学铸工的弟弟被裁掉了，失业在家。我带的学徒吴昆也被裁掉了，没法生活，逃到萍乡煤矿去了。我能吃苦肯干活，工资又少，虽然勉强留下，也养不了家，母亲只得随着妹妹逃到萍乡煤矿去。工头怀着鬼心眼，老和我作对，借口两矿人员调整，把我调到后山富华煤矿电机修理厂去。

富华煤矿在高山那边，头顶满天星，我就起来上工。想起生活这么艰难，又气愤，又着急，谁知道那边还有什么鬼把戏！

春天的寒风，带着一股水腥气，轻手轻脚地溜过江面，远处传来煤车急驶的轰隆声。我刚刚跨进车间门口，胡工头就迎过来说：

“吴师傅，你来得正好，电动机昨天烧毁了，你去给修理修理吧！”

我心里一愣，明知是有意为难，也只得硬着头皮答道：

“修就修吧！”

我拆开电动机一看，线圈全烧毁了，要装新的。我把线圈的连接法和一切数字记在小本子上，领了材料，就开始工作。

花了一个星期时间，电动机总算修好了。我用仪器仔细地检查了每个新装上的线圈，同事们帮忙装好电动机，接好了电线。只见胡工头神气活现地走到电瓶前，右手握着开关的手柄，望着我问道：

“吴师傅，开吗？”

我第一次做这活，根本没把握，蹲在电动机旁，心里七上八下，大家一齐望着我，等我回答。我狠了狠心说：

“开吧！”

胡工头推上了开关，电动机发出轻微的嗡嗡声，迅速地转动起来。胡工头瞟了我一眼说：

“你的运气不坏！”

我心里的一块石头落下了，伙伴们也长出一口气，替我庆幸。头一关总算过来了。

没过几天，刚响过下班的汽笛，同事们忙着收拾工具，回家吃晚饭。煤窑里的升降机忽然发生了故障，煤车拥挤在窑里，无法运到外面来。胡工头又跑来对我说：

“吴师傅先别走，麻烦你下去一趟吧。”

我清理了工具，走进煤窑。司机黄师傅慌慌张张对我讲了升降机的毛病。我急忙开始修理，井口下煤车越挤越多，站井口的工人拼命拉动钢丝，撞得井口上的钟乱响，催促司机赶紧开车。

运转器修好了。黄司机走上司机台，握着运转器的手柄，开动升降机。不知怎么搞的，他把手柄推错了方向，机器立刻发出像牛叫的怪声，电动机的电刷环上喷出了火花，升降机的吊篮顶住了大滑车。黄司机吓得没了主意，呆呆地握住手柄不动，眼看升降机就要毁了。我正蹲在机器旁边收拾工具，准备出窑，一看不好，连忙跳到配电盘前，拉掉总开关，切断了电流。

检查了机器，幸好没有毛病。这样一来，救了黄司机，也保住了升降机。黄司机呆了老半天，才说出话来。他连连向我道谢。我满心欢喜地走出了煤窑。

第二天早晨，我刚走到车间门口，胡工头就堵着门说：

“吴师傅，明天你不用来了。”

“为什么？”

“上头的命令，矿师说你昨天把升降机弄坏了。”

我为人处事，一向都是小巷子里抬竹竿，直来直去，但是，越是这样，饭碗越颤得厉害。严酷的事实一件件告诉我，这些爪牙结了帮，个个心狠手辣，最会赶尽杀绝。“凭本事吃饭”，只不过是可怜的幻想罢了。

就这样不声不响被开除，太便宜他了。拼上这条命，也得出口冤气。我找到黄司机，把我被开除的事告诉了他。黄司机也气愤地说：

“亏你救了我，怎么要罚你？那是我的错，要罚就罚我。我去替你证明！”

我们一起到了办公室。矿师跷起脚，左手撑在桌上，背着我们抽雪茄，半天才转过身来，眼一眯问道：

“你们来干什么？”

黄司机把昨天事情的经过说了一遍，并且承认是自己的错。那矿师不等他说完，就瞪眼骂道：

“放屁！人家都说是吴运铎弄坏的，你怎么知道不是他的错！”

我头上冒火，勉强压住怒气问道：

“你到底讲不讲理？”

这鸦片鬼立刻大发脾气，拍着桌子喊道：

“来人！拿棍子来！”

我看他真要打人，心想：这正对劲，我就和你拼了。顶多坐上几年牢，死了还是这几根硬骨头。我卷起袖管，向前走了一步：

“来吧！只要你敢动手，看我把你打扁！”

听差的拿来棍子，一进门看见这阵势，回头就走了。矿师知道讨不了什么便宜，威风先减了一半，只好自己找梯子下台：

“人家都说是你把升降机弄坏的，一清早胡工头就来报告了。”

“工头没有下窑，他怎么会看见？”

“等会儿我再调查，你们去吧！”

第二天，我照常去上工。

觉　悟

清晨，阳光照到鸡头山顶，江水沸腾了，就像是才出炉的钢水，闪着金光。鸡头山伸长脖子，插到江心，只给江水留下一条狭窄的通路。浩荡的江水奔到鸡头山下，碰到岩壁，卷起巨大的旋涡，然后带着一股冲力挤过闸口，愉快地叫嚷着奔往东方。

生活也正如那险恶的旋涡。人一陷进去，就跟着旋转，挣扎，呼喊，我在生活的激流中，左冲右撞，冒着风险，步步搏斗，景况一点不见好转。在我跟矿师闹翻以后，又被调回到原来的富源煤矿，照样受欺压。我开始怀疑起来：拼来拼去，最后吃亏的还是我，得胜的总是那些坏蛋，这是什么道理？哪里才有出路呢？

正好抗日战争爆发，把我带进热血沸腾的生活里。

矿上的小学举办了抗战讲座，讲师就是小学的干仲儒校长。一到晚上，工人成群结队去听讲。我家也成了爱国工人们的集会场所。不久，我们租了两间房子，贴上标语，搬来桌椅，组织了工人时事座谈会。我们又在矿区的要道口，竖起木板，每天下班，把报上的消息抄写在大张的纸上贴出去。

从武汉来的救亡青年，一到大冶，就来找我们，教我们唱歌，给我们解答问题。就像一阵春风吹来，长期冻结的冰河奔流起来了，工人们唱出了内心的声音：

> 起来！不愿做奴隶的人们，
> 把我们的血肉筑成我们新的长城！

我们组织时事座谈会的消息一传出去，山后利华煤矿的工人也动起来了，还特地派人来要求我们帮助。

我时常乘上煤车，沿着空中索道，越过丛山，到工棚去开会研究工作。在这火热的日子里，工人之间变得更亲密了。我感觉到个人的力量不是增加了一两倍，而是千万倍。

一天黄昏，我沿着灰尘滚滚的公路回家，迎面来了一群人，领头的是干校长，他老远就向我喊道：

“老吴，快来！我们正找你！”

干校长一手拉着一个穿工人服的人。那人向我点头微笑，不等我问话，他就自我介绍说：

“我叫张明，是来这里向你们学习的。”

我愣了一下。干校长接着说张明在中国共产党的机关报——《新华日报》工作，才从武汉来的，准备在矿区建立发行站。

从这以后，张明天天来找我。他从国民党监狱里刚出来不久，偶然掀起衣裳，身上就露出一块一块的疤痕。他受过电刑，坐过老虎凳，他不屈服，坚持过来了。最初我还替他担心，他是这样瘦弱，看来一阵风就会把他刮倒，但是他常常东奔西跑，成天不落脚，参加座谈会，找人谈话，直到深夜，好像永不知累。有一天，我问张明，他这劲头哪里来的？

他笑着说：

“这是大家的事，干起来才有劲。就是累，心里也快活！”

张明还说：一个人眼光远大，目标明确，生活才有意义。从他那里，我开始懂得了革命道理，了解了工人阶级的历史任务。我们受穷受苦受压迫，难道是因为懒惰吗？不！我热爱劳动，而且花了心血，我们工人是不靠欺诈生活的。我总希望把活干得更好些，也只有在这种时候，我才感到真正的快乐。难道说我们愚蠢吗？不！我们凭耳朵就能听出机器有什么毛病，甚至用鼻子也闻得出发电机内部发生了什么障碍。但是，为什么我们这么努力，费了许多心血，还被踩在脚下？原来不是别的，只因为社会上有了剥削阶级和被剥削阶级、统治阶级和被统治阶级。

在这个吃人的社会里，真正的劳动者受轻视、受压迫，苦不堪言；而那些吸别人血汗过活的人，脚不动、手不抬，天天养尊处优。这真是太不合理了。为了最后消灭这人类最大的不平，许多先驱者献出了宝贵的生命，他们被绑赴刑场的时候，他们被活活钉在门板上的时候，都不曾对革命事业发生丝毫动摇，他们为伟大的理想牺牲了个人的一切。活在世界上，就应该做一个这样的人。

张明还说：中国工人阶级受的痛苦非常深重。除受本国的剥削阶级的剥削压迫以外，还要加上外国的剥削阶级——帝国主义的侵略，苦难重重，要想得到解放，仅凭个人力量是不行的，只有更多的人都觉悟了，行动起来，才能达到目的。团结斗争就是胜利的保证。在今天，应该首先集中力量来反对当前最凶恶的敌人——日本帝国主义，争取抗战胜利，然后才能建设理想的、幸福的社会。

我明白了这些道理，就希望我的伙伴们也能赶快明白这些道理。《新华日报》是宣传共产党的主张的，我觉得应该将它广泛地送到工人们手里去。我们在矿上成立了《新华日报》推销站，专门请了一个小孩送报。每天下午四点钟，由汉口来的轮船一靠码头，小孩就上船去取报纸，按时送给订户。张明见工人们生活困难，不收报费，但是工人爱护自己的报纸，省吃省喝也要交报费。

当时国民党反动派表面上虽然允许《新华日报》公开发行，暗中却想尽一切方法来限制：有时借故没收报纸，有时在轮船码头上，毒打报童，抢走报纸。我们就组织起来“护报”，使报纸能继续发行。最后矿上强迫摊派国民党反动派出版的反动报纸，硬在工资内扣除报费，但是始终得不到工人读者。

不久，张明走了。但他撒播下的种子，在矿工中间生长了。这时候，国民党军队不战而退的消息越来越多，而八路军却开向最前线，工人们把一切希望都放在遥远的北方，好像有一根无形的线，把北方和我们联结起来。我细心地阅读着八路军的每一个战报，每一个缴获的数目字。有一次报上说，朱总司令号召全国人民募捐为八路军战士制备防毒面具，我像接到了动员令一样，半夜里跑到小学校借来一架油印机，自己刻蜡版、印收条，天一亮，就去找工人们募捐，凑了 40 多块钱，当天由邮局寄给了《新华日报》。我们觉得，寄去的不只是钱，还有我们的心，用我们工人的心保卫我们自己的战士。

但是，国民党反动派害怕工人群众觉醒，他们极力打击工人时事座谈会。

大冶本来也有个御用工会，不过这个“工会”并不在矿区，却在离大冶十多里的黄石港，成年累月跟工人不打照面，成了“走狗不走”。现在工人起来了，矿上才觉得走狗远了使唤不方便，就连忙盖起新房子，门口挂上新招牌，把走狗叫来，要他们就近来欺压工人。

御用工会的头子，是我小学同学，他一到大冶，就跑到我家来，一见面开口就说：现在“工会”已经成立，应该把时事座谈会取消。接着把话头一转：

“老弟，放着清福你不享，当共产党有什么好处呢？”

我勉强压制住内心的愤怒，冷冷地问他：

“说完了吗？”

“我劝你是为你好，你看共产党有几个落得好结果！”

听到这里，在我脑海里，立刻浮起一副刽子手的凶相来。我捏紧拳头对准他的鼻子喊道：

“你再不滚蛋，它就认不得你了！”

他冷笑两声，转身走了。

我把这事告诉了工人伙伴们，大家很气愤，都说：

“他有胆子，就叫他碰碰看！我们还干我们的。”

我们团结得更紧了。每天晚上照例在大树底下读报开会。工头和御用工会一个鼻孔出气，他们接连几天加班开夜工，把工人关在车间里，不让出去，并且恐吓青年工人们说：

“你们不怕掉脑袋吗？吴运铎是个提着头玩儿的人，你们跟着他哄什么！”

接着，矿山上又传起各种谣言，说我组织什么暗杀团。工人们都知道这谣言的来源，它丝毫不能动摇大家追求真理的意志，老年工人们常跑来安慰我：

“运铎，别泄气，那些坏蛋不是打击你一个人，是打击我们大家啊！只要干得对，我们什么也不怕！”

的确也没什么可怕。哪怕变成土，只要是铺在通往真理的道路上，让伙伴们大踏步走过去，那也值得！

抗日战争进入第二年，战线逼近了武汉。矿上的经理们瞒着矿工，黑夜里一批一批地把大皮箱搬到码头上，连哈巴狗也跟着太太小姐们上了船。原来这些家伙打算先送走家眷，回头炸毁煤窑，撒腿逃跑，就不管矿工的死活了。

消息一传出来，谁也没心思干活。早晨，我走进机电车间，伙伴们就围在一块儿商量，要矿上发给安家费。不多工夫，全矿的机电工人都集合了，大家又拥到锻造间。没来的就只有那些工头和反动工会指定的组长们。我跳到铁砧上，高声喊道：

“同事们！是咱们拿出力量的时候了！他们是人，咱们也是人。要退都退，要留都留。再说，咱们生在矿山，长在矿山，几辈子都在这里扎了根，连逃的地方也没有！我们只有一条路，敌人来了，就跟它拼！经理是中国人，就该爱国，不能叫他们逃跑！”

“对呀！”

“找经理去！”

大家鼓掌，呼喊，拥出了车间。

站在门口的机电工程师一把拦住我，把我拖到公事房，悄悄说：

“运铎，你怎么这么傻！叫别人去闹，还不照样有你的份儿！经理说只要你不闹，他给你双份也行。”

我气愤极了，这不是叫我出卖同事吗？大家已经行动起来，我也顾不得和他计较，不等他说完，我就狠狠带上门，转身跑开了。

我们马上召集青年工人看守发电机，防止坏人破坏，并且派人值班，保证继续发电。因为发电厂一停工，煤窑就会被淹掉。在敌人没有占领矿山以前，我们是不忍心让煤窑毁掉的。

傍晚，矿工们一出煤窑，就跟机电工人的队伍汇合了。矿工们跑到锅炉房，打开汽笛的气阀，举起鹤嘴锄敲断汽阀的把手，汽笛冲破夜间的黑暗，发出嘹亮的叫声。这是我们总动员的信号。因为汽阀的把手敲断了，在锅炉的蒸汽放完以前，谁也无法让它停止吼叫。矿工们得意地笑着，很满意自己的发明。

那汽笛鼓足了我们的力量，刚下窑换班的矿工也扛着鹤嘴锄出来了，他们自动在窑口站上岗，看见谁要下窑，就喊：

“要活命的都去找经理！”

工人队伍奔到经理大楼前面的广场上，奔到矿警局门前的堆煤场上，要经理答复工人的要求。到处响着一个口号：

“反对逃跑，武装抗日！”

天黑了，大楼里灯火辉煌，经理们正在清理公文印信。工人队伍一到广场，他们连忙灭了灯，紧紧关上大门，还派出狗腿子，来分化收买工人。大家看穿了鬼花样，当场把狗腿子赶跑了。坚持到半夜，经理们不敢露面，工人们也一直不散。我们没想到，就在那黑洞洞的大楼里，官僚资本家们正在策划着对工人下毒手。

突然，黑夜里响起了枪声，子弹呼啸着，穿过广场的上空。一个连的反动军警，像群疯狗，直冲过来。工人倒下一大片，队伍散了，到处是呼喊声、叫骂声，连星星也直哆嗦，好像要掉下来。

二十多个工人牺牲了。广场上洒满了殷红的血。血的事实教育了我们：国民党反动派极端仇视人民，有枪不打日本鬼子，却来屠杀手无寸铁的爱国人民。但是反动派没有杀退我们，我们掩埋了伙伴的尸体，继续斗争。

第二天，热血沸腾的工人们紧紧包围了经理大楼，包围了反动工会，要求严惩凶手，要求抗日自由。工人们团结得更紧了。经理们被迫答应谈判。我和几个伙伴被推为工人代表，去办交涉。

“你们谁是头儿？”一个经理不怀好意地问。

“我们都是头儿，有话你就说吧！”

“忙什么，请坐请坐！”

“我们能等，恐怕大家等不得！你没看见外面吗？”

“啊啊……”

正义在我们这边，经理们到底屈服了。惨案发生以后，《新华日报》发表言论谴责国民党反动派，武汉的一些工厂也行动起来，支持我们的斗争，在广大爱国人民的压力下，他们答应发给全矿工人三个月工资作为安家费；死者由矿上埋葬，另外发给抚恤费；伤者由矿上医治。警察局长也受了撤职处分。

这个事件戳破了国民党抗战的假面具，也教育了工人，让工人看清楚谁才是真正跟他们站在一起的。后来日本鬼子占领了煤矿，许多矿工拿起武器，参加了共产党领导的鄂东抗日游击队。罢工以后，国民党反动派放出风声，要追查“肇事人”。正好我受压迫也受够了，决心离开矿山，投奔新四军。

黄昏，我奔往码头，搭上开往汉口的轮船。我迎风站在甲板上，长久地看着矿山——养育过我、磨炼过我的地方，在那里，我开始懂得了什么是爱，什么是恨。想到也许要永远跟它分别，心里不免又浮起眷恋的感情。

鸡头山远了，前面是新的斗争！

我们的工厂

我路过武汉到萍乡去，准备参加新四军。

这是1938年9月，日本鬼子已占领鄂北一带，汉口成了一座死城，街头店铺都关了门，饿狗窜来窜去找寻食物，倒在路旁的重伤兵呻吟着，呼唤“救命”。周围不时传来爆炸声，入夜，大火冲天，遮没了一天星斗。

我穿过瓦砾堆积的街道，走到长江通洞庭湖的港汊，搭上一条难民船。仓里有十几个人，都是老弱妇孺。船刚开动，敌机就追来低飞扫射，木船只好隐蔽在岸边柳树底下，直到黄昏，才得开动。

第二天下午，船到洞庭湖口，下雨了，天上地下，迷迷茫茫。我冒着雨赶到岳州，搭上南下的难民车。车是敞篷，大人孩子在泥水里泡着，冻得直抖。我把大衣顶在头上，不一会儿就湿透了，浑身是水。车刚出站，敌机又追来了，机车呼哧呼哧喘着气，拖着漫长的列车，疯狂地向前奔驰。

晚上，车到长沙。遍地是残砖乱瓦，烧得焦黑的墙头孤零零地站在那里。铁轨炸得像一团乱麻，有几节车厢都烧光了，只剩下一副骨架，歪歪扭扭地倒在一边，车轮旁边还有一个烧焦的婴孩尸体。

我在废墟里站了好久，心里非常沉重。忽然汽笛响了，开往江西的火车蠕蠕爬动，我踏着枕木碎石，向前追赶，把行李卷先抛到车上，然后抓住车厢门口的小梯子跳了上去。车上又是难民！到处都是难民，到处都是惶惑的眼睛。听着病人的呻吟，听着孩子的啼哭，听着母亲的叹息，我的心几乎要炸开。祖国在苦难中，人民在苦难中。再不拿起武器，真白活了！

在车轮单调而迟钝的轰隆声中，不知道过了多少站，我总嫌车子开得太慢。终于，到了度过我童年时代的萍乡。我摸摸口袋，只有几个铜圆，才想起自己两天没有吃饭。

矿山也是满目凄凉。歪斜的门框结上了蛛网，黄鼠狼在倒塌的房舍里安下了家，窑前长满一蓬蓬枯黄的蒿草。煤井早已停工。国民党只知道逃跑，哪管人民的死活！

我见到了久别的母亲，见到了妹妹。离别一年多，母亲显得更苍老了。她听说我要去前方，难过得哭起来。

“你们弟兄几个的翅膀都硬了，想飞到哪里就飞到哪里吧！”她一边抹着眼泪埋怨，一边帮助收拾行李。

当晚，早先跟我一起做工的吴昆，带着两个人跑来了。

“我不干了，咱们一块走！”吴昆说着，就从口袋里把钱掏出来。“你看，账都算好了，正好做路费。”

我们四个人，扛着简单的行李卷，离开了萍乡。坐上火车，一直往东。这一带离战线还很远，敌机偶尔来盘旋一阵。车行两天两夜，才到南昌。

我们找到新四军办事处。同志们听说我们是煤矿工人，就像见到了久别重逢的亲人，忙着给我们打水洗脸，倒茶端饭。当天，我们穿上了军装，你看看我，我看看你，觉得世界上再没有比这更漂亮的衣裳了——这是革命战士的衣裳呀！

不久，我们到了皖南云岭。

这是一个小山城，新四军司令部就驻在这里。深夜里，可以听见低沉的炮声。一种迫近战斗的喜悦，一种对火热生活的渴望，弄得我们坐也不是，站也不是。早晨起来，不是收拾鞋子，就是摆弄袜子，把那简单的行李卷，捆了又捆，包了又包，只等通知，就出发到前线去。那时候，我们住在招待所，每天茶来张口，饭来伸手，还发香烟抽。大家等得有点儿着急了，他们三人推我去找司令部的同志请求分配任务。

“好同志，赶快发枪吧！”

“我们正在研究这件事哩。你们去造枪不更好吗？”

那个同志搬过来一张椅子让我坐下，然后告诉我，现在新四军的武器很不够，又不好，有的同志还在用鸟枪、土铳打仗。他说：

“你们都是机器工人，一定能学会造枪的。你们多造些枪，对革命不是更有好处吗？”

一个工人懂得一枚螺丝钉有多大意义，他们是从生活中懂得的。螺丝钉虽然小，可是少了它，机器就不能正常地运转。既然工作十分需要，就不能凭个人的感情用事，造枪拿枪一样是为革命，用不着讨价还价了。我说：

“好！快些分配吧。”

第二天，我们四个人被派到了军司令部修械所。

修械所在黄山东北一百多里的一个小山村里。这里有一百多户人家，居民靠砍柴、烧炭、采茶为生，也种一点儿山田。周围都是高山大岭。岭上岭下两种气候，山顶落雨，山下天晴。黄昏时站在峰顶，月亮像是从山谷里爬出来的，似乎一伸手，天上的星星也摸得着。

所长跟我们做了简短的谈话，分配我们去修枪。我们也巴不得一步跨进车间，站在机器旁边工作。所长笑着说：

“好吧，你们先到工厂去看看！”

我们走进一所普通农家的小院子，只见墙角搭起高高的茅草棚子，那就是锻工间，里边有两座用土筑起的锻铁炉，两个木风箱，一个铁砧子。北屋正中间摆着宽大的工作台，紧靠着台子，埋了几根粗树桩，每个树桩上安一部老虎钳，桌上摆满了锤子、锉刀、钻头一类零星工具。靠窗户旁边的木桩上，安了两把手摇钻。对面是枪托修理间，只有些普通木工用的简单工具。一切都很简单，找不到任何一部机器。我们四个人愣住了。原来这就是我们的工厂啊！

我们正要扭头往回走，在工作台那边干活的一个年轻小伙子连忙放下锉刀，笑嘻嘻地跑过来：

“我叫罗克绳。所长说你们没有修过枪，要我来帮助你们。不过我也不怎么会，咱们一起研究吧！”

这个年轻的小组长，看上去不过十七八岁。他领我们到库房里抬出一捆破步枪，这是前方才送来的，大多数残缺不全，需要安装新零件。步枪的种类很多，我们连名字都说不上。罗克绳一支一支拿起来介绍：这是德国的老套筒，这是日本的三八式，这是国民党的汉阳造，世界上所有的步枪种类，这里几乎全有。因为，我们的队伍主要靠夺取敌人的各种武器来武装自己，而国民党反动派发动的“反共”内战，却得到帝国主义各国反动派的援助。最后，我们发现了一支奇怪的步枪，枪筒特别粗，没有来复线，没有枪栓，也没有标尺和准星。罗克绳说：这是以前红军使用的武器，本来是农民打猎的鸟枪，也跟着主人来到了队伍里。

罗克绳拿着老虎钳走近我。他把步枪的零件一件件拆开，又一件件安上，给我讲零件的名称和作用。他怕我记不住，每讲一遍，还再三问记住没有。

我照他讲的背一遍，又做给他看。直到完全没有错误，他才高兴地说：

“很好很好，就是这样。”

在短短的日子里，我学会了修理各种枪支，制造各种步枪的零件。虽然这里一切都很简陋，但是，它比大冶的大矿山，比武汉的近代化工厂还要可爱，因为这是我们工人自己的。

在这以前，我们什么时候，对什么东西能说一句“这是我们的”？河流、土地、矿山、机械、铁路，所有的一切，都不是我们的。它们被少数人霸占着，我们都受少数人的奴役。只有今天，在革命队伍里，我们工人才可以自豪地说。“这是我们的！”

星期四上午举行实弹射击，检查修好的枪支。

大家忙着领了子弹，把修好的步枪抬到山沟里，向山脚下射击，罗克绳忙着进行检查。顿时山脚下掀起阵阵黄土，枪声响彻了山谷。吓得那些麻雀吱吱叫，满天乱飞。

我拿起自己修理过的步枪，一支又一支地射击。忽然一支土造枪的枪管爆炸了，我的左手正托在枪管下面，手掌和手指被震得变成青色，指缝里流出紫色的血。

罗克绳赶忙跑来，扶着我走回宿舍，所长带着医生随后赶来，替我敷药包伤，同志们也都跑来看我。

傍晚，同志们上课去了。我躺在床上，想起白天的事故，心里还有些庆幸。幸亏这支枪没有出厂，不然，在前方战士的手里爆炸，那该多糟糕啊！

第二天，左手的疼痛轻了许多。我走近工作台，刚拿起锉刀，罗克绳抓着我的肩膀说：

“等伤口好了再干吧！”

“前天你砸破手指还工作，我受点伤就叫休息，这太不公道了！”

他不回答什么，笑着把我推出车间。

罗克绳的一言一行，都给我留下了难忘的印象。我们并肩工作，床铺也并排摆着。早晨在一个桌子上自修，晚间在一个桌子上听课。我们在空闲时候，也常常沿着小径，到溪边散步。他的刚毅沉着，跟他的年龄很不相称。他总是把最困难的工作留给自己，从来不叫苦。他诚恳谦虚，关心别人。他又是那样单纯，就像一池清水，清可见底。他对我有一种强烈的感染力，甚至使我在不知不觉中模仿他的一举一动。后来我们做过一次谈话，我就更了解他也更尊敬他了。

一天傍晚，罗克绳和我到溪边去洗衣服。那里早有一群村子里的大嫂子和姑娘们跪在地上捶洗着，她们唱着小调，笑着闹着。我们怕暴露目标，只得远远躲开。如果被发觉了，她们连问也不问，就把衣服夺过去洗。这样的事情发生过好多次了：眼尖手快的缴获了战利品，就洋洋得意；下手慢的就噘着嘴，说有“偏心”。弄得我们同志又要道谢，又要赔不是。每次洗衣服都偷偷摸摸，要瞒过她们的眼睛。

我俩绕了一个圈，走到上游去，找了一个水深的地方，把衣服泡起来，背着夕阳坐在水边的石头上。罗克绳一边用手搅着水，一边问我：

“这里什么都要自己动手，做饭洗衣，样样得会。你过得惯吗？”

“怎么过不惯！这是我们的革命生活呀！”

“一个战士不但要会打仗，会工作，还要会生活，你看我还会做针线哩。”

他真的从口袋里掏出针线，又找到一块鹅卵石，把袜底衬上补起来。这个年轻人的一双手，一上一下，熟练得很，使我想起了母亲为我缝补时的情景。半晌，我忍不住问道：

“你从小在家里学会的吗？”

“我没有家。”

“你的父母呢？”

“都牺牲了。”

“唔！”我惊异地望着他。

他把补好的袜子收拾起来，咬了一下嘴唇，沉重地说：

“这个仇我永远忘不掉！”

每个穷孩子，都有一段惨痛的经历。他家住在大冶，租地主几亩地种，收的粮食不够吃，父亲还要上山采药，换来粮食交租。十岁那年，鄂东红军打进了大冶。父母钉上大门，带了

几件破烂衣服，一家三口都跟队伍走了。

他当了红小鬼。

队伍从湖北转战到江西。在反“围剿”战斗中，父亲两腿被敌人的枪弹打断了，仍然爬到山石后面继续抵抗，直到牺牲，还保持着射击的姿势。

第二天，做炊事员的母亲，请求到前方去，再也没有回来。

“那时我真难过！哭了几天，两眼都叫眼泪腌肿了。心想我再也没有亲人了。可是我们的党把我当作自己的儿子，像父母一样关心我、爱护我、培养我。我年纪小，打起仗来跑不动，叔叔们就轮流背我；敌人炮弹落下来，叔叔们就用身体遮盖我。我是党抚养大的，党就是我最亲最爱的人。”

我激动得说不出一句话，无心再洗衣服，胡乱揉了几下，提着水淋淋的衣服回来了。

不久，我申请参加了青年队。

修好的步枪堆满了仓库，因为缺少刺刀，不能送上前线。领导上调我到刺刀制造班，赶造刺刀。

造刺刀全用手工，刺刀上那两道槽，得用凿子一下一下地挖，这样一来就很慢。虽说是冬天，窗外飘着雪花，汗珠还是顺着背脊往下滚。忙了一天，才造了一把，一检查，还是废品。吃饭的时候，看见同志们都欢天喜地，我更觉得问心有愧，心想，同样长两只手，吃的也不少，为什么别人一天能做几把，我却一把也造不成？越想脸越发烧，饭在嘴里团团打转，却咽不下去，好像有刺刀卡住嗓门。我坐不住了，忙丢下饭碗，跑到屋外去。

我严格检查了自己：既没有偷懒，甚至比别人还要累，那为什么落在后边呢？拿没有经验、工具使不惯，来安慰自己，就更可耻了。这等于没有上战场，先准备做俘虏。这样的人，如何能做战士？

天黑下来，我坐在村边一棵歪倒的枯树干上。雪花飘落着。深谷里不时传来猿猴的哀鸣。我仰起脸，清凉的雪花使我稍微感到一些舒畅。忽然罗克绳走来，一只手搭在我肩上：

“你不舒服吧？一个人跑到这里坐着，多冷啊！”

他给我掸着雪。我们一起绕着村子，无目的地走着。我心里有很多话，不知道怎样说才好。还是罗克绳先问我：

“今天工作得不好吗？”

“糟透了！”

“这样的事，我也碰到过。有时候，工作没做好，就顿脚捶胸，恨不得把自己撕成几半。等到稍微清醒一下，发现自己还停留在老地方，一步也没有前进。这太可笑了。工作有缺点，光发一阵疯，骂自己一顿，又有什么用？应该多问问别的同志，请他们帮助你。这并不丢人呀！”

平静的话语，句句打动我的心坎，我发现自己正是在原地踏步。一个坚强的人，碰到困难，是不会这样惊慌失措的。应该钻进去，虚心向别人学习。想到这里，我立刻快活了。

第二天早晨，我一进车间，就去找老同志请教。他们让我站在旁边看着。我发现他们每人手边都有十多把凿子，用坏这一把，马上换那一把；我呢，只有一把凿子，用钝了，现磨现淬火，耽误许多时间。人家的锤子砸下去沉甸甸的，我的拿在手里轻飘飘的。我那个老虎钳也太小了，夹不住活。这一下弄明白了。我连夜改造好工具，以后干活快多了，造出的刺刀也经得起检查了。

车间里贴了一幅大标语，上面写着："我们多流一滴汗，战士少流一滴血!"每次看见这鲜红的大字，胸口就止不住激烈地跳动。觉得自己的工作和革命事业联在一起，干活也更有劲。那天完工，数数刺刀，竟赶上了其他同志的数目。

春天又来到了，心里又轻松又愉快，锤子抡起来也更有力。在这万物生长的季节，我们修械所也承担了新的任务。所长宣读了军部的命令，要我们在山沟里建立第一座兵工厂，制造新步枪。

在我们面前，摆着数不尽的困难，没有厂房，没有材料，更没有机器。可是，困难是不能压倒创造的热情的，我们决心从无到有，把工厂建立起来。

当天就出发勘察新厂址。我们沿着麻岭坑山脚下的小溪向前走，过了树干搭成的小桥，转过羊肠小路，进入深林。这里完全是没有开垦的处女地。小溪穿过乱草，穿过山脚的密林，口渴的獐子们安闲地在溪边饮水，偶尔昂起头来，看着行人。

前面有一块不大的盆地，古老的松林遮蔽了阳光，林间显得异常幽暗，多年堆积的落叶，发出刺鼻的霉味。就在这里，我们开始建设自己的兵工厂。

山村里的农民们，成群结队带着斧头锯子来帮助我们。我们扫清腐朽的落叶，砍倒大树，搭起屋架，又到小溪旁伐倒粗大的竹子，编成围墙，把茅草铺上屋顶，把墙壁糊上泥，刷上石灰。不到一个月，制造车间、修枪车间、锻工车间、枪托车间和炊事房、宿舍、办公室、俱乐部，都一一出现了。

我们从麻岭坑搬进了山谷。领导拨出一座大房子，做全厂青年队员们的宿舍。派我担任青年班的班长。

搬来的第一夜就发生了意外的事。半夜里，五班的宿舍乱嚷起来，杯子碗盆摔得乒乓响。我们不知道出了什么事情，慌忙披上衣服跑过去。五班的同志从床上跳到桌子上，又从桌子上跳到地上，堵着门大喊：

“捉活的，捉活的！”

我们点起松明一看，遍地都是茶壶、茶杯的碎片，桌子也打翻了。老李光着膀子蹲在地下，两手按着一只小獐子，叫道：

“快拿绳子来！”

大家一边忙着捆獐子，一边问：

“怎么回事？”

老李牵着那只吓得浑身哆嗦的小獐子，说：

“这个小东西真坏透了，半夜跳上床来，在我脸上乱舔，我还以为是谁跟我开玩笑呢！想不到……”

他轻轻拍了一下小獐子的脑袋，大家止不住打了半天哈哈。老柴一边架翻倒的床铺，一边做鬼脸说：

“老李，该你好福气，头一天就有个四条腿媳妇送上门，保险以后百事如意。”

大家兴奋得不能睡了，亲密地挤在一块，坐在床沿上、桌子上，谈着生活，谈着未来，谈着自己的心愿。尽管各人都有不同的爱好，但是大家关心的却是一件事：让我们的工厂变得更好。

车间里安上了土机器。枪筒是要用旋床旋出来的，我们没有旋床，就把大长木凳的四条腿埋半截在土里，在木凳一端钉上两个铁叉，叉子当中放一根带有木轮子的铁棍当车轴，车轴前面的凳子中间再钉上一个铁叉，枪筒一头卡在车轴上，一头搁在铁叉上，木轮一转，枪筒也跟着旋转。这样就成了一部最简单的旋床。

枪筒里要有来复线，好叫弹头正确地飞行。我们没有造来复线的机器，就在地上埋了一截粗树桩，对面竖着埋一块厚木板，木板中间钉个母螺丝，用一块扁铁板拧成和来复线相等的螺旋形，穿过木板上的母螺丝，一头安上四个刀口的刀，一头安上木柄，把刀插进固定在树桩上的枪筒里。这就算是刻来复线的机器了。工作起来，握住木柄来回推拉螺旋，枪筒就刻出了来复线。

我们又造了打光机。把铁棍插进枪筒里，浇上铅，拿下来抹上菜油，再把破玻璃碾成碎末，用细箩筛好，洒在铅棍上。

如果来复线有毛碴，就用我们自制的打光机在枪筒里来回摩擦，不一会儿，来复线就又光又滑了。

没有发动机，我们就借老乡磨面的石磨，在磨眼上插进一根铁棍当轮轴，埋下两根树桩当轴承，把石磨架起来摇，就算是发动机。再缝一条厚布带代替传动皮带，一摇磨扇，车轴转起来，土机器就能生产。

新步枪一批又一批地送到前线去了。

一天，有几个人来参观工厂，中间有一个外国妇女，穿着和我们一样的军装，脚上穿草鞋，还会说中国话，她就是我们的国际友人史沫特莱。

她先要了一支新造的步枪，拉开枪机，仔细查看了各部分的构造，不住口地赞扬工人们的手艺，并且要我们在小坡上埋一块钢板，她举起枪来向着钢板一连打了三枪，子弹都顺利地穿过了。她放下枪问：

“用什么机器造的？”

我们领她走进了车间，那里没有一部机器，只有一些长凳子、矮凳子、木桩、木板和旋转着的石磨。

她热情地跟同志们一个一个握手，兴奋地说：

“我从美洲到欧洲，到过很多国家，也看见过很多工厂，可是还没见过像你们这样的兵工厂。你们这个兵工厂真是世上少有。”

入　党

我们的时代是战斗的时代。生活在这个时代，我感到幸福。尽管斗争非常残酷，革命战士的生活，也不会黯淡。因为愈艰苦，愈奋斗，也就愈快乐！我们整整挖掉半个小山，开辟了运动场，在工厂周围的空地上栽花种菜。我们唱歌，演戏，办墙报，还举行体育比赛。看到这些活动的时候，谁也想不到下一分钟这里也许就会发生激烈的战斗。

兵工厂迅速成长起来了。附近一个煤矿有许多破旧的工作母机闲着不用，我们就把机器借来，成立了机工组。我被派做组长。

大家忙着拆洗机器，修配机件，架天轴。从收买来的废铁堆里，找到一部残缺不全的十五匹马力的内燃发动机，我们连夜修好。没有钢筋水泥给发动机筑固定座，就在地下挖一个深坑，埋了几根粗树桩，用螺丝把发动机固定住，再套上大皮带。发动机一开动，全部工作母机都转动了。

有了机器，我们的工作起了很大的变化。做一支枪筒，用手工最少也要一天，用机器不到一个钟头就成了。开工那天，全厂同志都拥到车间来参观。看见机器飞快地转动，枪筒外皮的钢屑冒着青烟，卷起一长条的圆钢带，都兴奋地互相夸耀着工厂的发展，畅谈着将来的美景。

“我们这里什么都好，就是没有电灯！”管理汽灯的小黄说。

“还是安上自来水好，一拧龙头水就哗哗流，炊事员也不用到河里挑水了！”小赖在南昌见过自来水，老觉得新鲜。

“只要开动脑筋克服困难，什么也不愁！”罗克绳说。

因为人少，我还兼管发动机。一天早晨，在溪边洗脸，忽然想起小赖说的自来水。我们的发动机靠凉水冷却，每天都要一担一担挑水，花费很多人力。如果让水流到门前多好呀！我顺着泉水寻找水源，钻进灌木林，爬上了后山，发现一座陡岩下面，涌出一股清泉，汇成一个小池塘，水流像一条小蛇沿斜坡蠕动着。

我把这个发现告诉年轻的伙伴们，并且提议修造自来水管，让小河搬家。他们高兴得跳起来，马上跑去请示了所长。当天，我们就把建厂剩下的长竹子，用铁棍一节一节打通做水管。又用树枝做好支架，把竹管架起来，一根套一根，从半山腰的水源一直接到伙房，接到机工间的发动机上，清凉的泉水不断地涌出。从此以后，青年班得到一个别号，叫作“自来水公司”。

不久，大家选我当俱乐部主任，还兼任墙报委员。不管工作多么紧张，我一点儿也不感到疲倦，好像心里也安上了发动机。一清早，在小溪里洗过脸，就跑到竹林里读书。吃过早饭，跑到车间，分配完工作，就守着发动机。它那嘭嘭的响声使我特别愉快，整个心都随着这音乐的旋律跳动了。所长看到我已经担负了两个人的工作，叫我停止修枪。可是我总觉得身上有使不完的劲，还能做更多的工作。我在发动机旁掘了个大坑，埋了一根木桩，把我修枪的老虎钳搬来，固定在木桩上。一边修枪，一边用耳朵掌握发动机的运动。一到晚上，我又成了“教员”，在俱乐部讲发动机和机床的构造原理，和同志们一起，研究各种技术问题。

这年春天，敌人沿着浙赣铁路向西进攻，萍乡煤矿被国民党反动派撤退时破坏了。逃到四川的弟弟来信说，大哥在武汉被敌人逮捕，关进了集中营，二哥死在敌人的刺刀下，妹妹逃到广西，年老的母亲流落到浙赣路的樟树镇，沿街乞食。家庭的不幸遭遇，不免使我心里有些沉重。多少个家庭在战争中毁灭了，多少人丧失了亲人！可是个人的不幸，不过是我们祖国人民经受的苦难的一部分。流泪，悲伤，不能结束这种苦难。只有英勇战斗，彻底消灭敌人，以战争来消灭战争，才能夺得幸福。个人的幸福只能包括在集体的胜利中。因为个人不过是一滴水，谁能从苦海中捞到一滴甜水？斗争也是这样，无数水滴汇合成巨流。一旦离开了集体，最大的水珠，也会干涸。我早已决心做一个革命战士，把自己交给集体，为工人阶级的伟大事业奋斗到底，那么，怎么能够只眷念个人的家庭呢！

一个星期日，吃过早饭，我跑到后山坡，躺在草地上看书。周围都是一丛丛的野花，忙碌的小蜜蜂们正在紧张地劳动着。不一会儿，做钳工的秦永祥，也拿着一本书从山下跑来了。

“我猜到你就在这里！”他打开书本，坐在旁边，狠狠地吸一下那浓郁的香气。“这地方真美！就跟花园一样。”

老秦从前是上海一个工厂的车工，抗战第一年就参加了新四军，先在教导队学习，毕业以后，调到兵工厂制造刺刀鞘。机工组一成立，又被调来做钳工。他是我们车间里的生产能手，又是俱乐部的文娱委员。他爽直热情，我们一见面就成了很好的朋友。

春天的太阳晒得身上有些发热。老秦站起来脱掉上衣，铺在地上，望着山洼里那一片黄色土房，凝神微笑着说：

“看我们工厂多好！才一年时间，发展得这么大，再过几年，说不定真能造出大炮呢！”

我也跟着站起来，望着脚底下的山沟。想到未来的日子，感到很愉快。

老秦回过头，忽然问我道：

“老吴，你将来准备做什么?”

我想了想，我一直是个工人，机器永远对我有一种魔力。当它平平稳稳地转动，像琴键弹出一个个动听的音符的时候，心里就愉快；当它发出杂乱的噪音，像一个醉汉发着呓语的时候，心里就不安，好像是亲人得了重病，恨不得把我的心掏出来，放进他的胸膛里去。这种感情，是任何一个热爱自己事业的人都会有的。可是，在我内心深处，还有一种最使我激动的感情：不仅要做一个热爱自己事业的人，而且要做一个共产主义战士。他们的口号是“吃苦在前，享福在后”，在战斗中，又是“冲锋在前，退却在后”。做一个这样的人，是最大的光荣，也是最大的幸福。因此，我毫不迟疑地说：

“做个共产党员！”

秦永祥的眼睛立刻闪耀着光亮，他丢开书本，紧紧抓住我的手，热烈地喊道：

“太好了，太好了！”

那时候，为了防止敌人的破坏，党还没有完全公开。不过，那些忠诚积极的人，在我们心里都印下一个特别记号，因为这些人平时都是大家的榜样。秦永祥就是受到普遍敬爱的一个。我向老秦说：

“老秦，我早就想参加党，为党做更多的工作。只是我有不少缺点，性情又急躁，恐怕离党员的标准差太远了。”

“只要努力争取，党一定吸收你！”老秦说，“做个革命战士，最重要的，得有坚定的立场，对党无限忠诚，经得起任何考验，不管什么时候，都跟着党走，不变心！”

我们谈的很多，除了工作、学习，也谈了思想修养。老秦有段话，特别启发了我。他说：“个人主义最害人，自私自利，虚伪欺诈，都是从这里产生的。做个真正的革命者，要像对待毒瘤一样割掉它！”长时期以来，我也反复思索过这个问题。专为个人打算的人，实际上没有生活方向。成天在自私自利的阴沟里爬来爬去，弄得一身泥，满脸脏，走到哪里，臭到哪里。这样活着，又有什么意思。我参加革命，并不是把自己存进银行里，打算捞一笔优厚的利息。因此，听了老秦的话，我就说：

“我认识到，为人类最美好的理想——共产主义事业而斗争，就是终身最大的幸福。我要把自己完全交给党，听党的话。希望你好好帮助我。”

老秦热情地鼓励了我，要我们互相帮助。还说，共产党员也都是从旧社会出来的，不是“超人”，即使入了党，也还必须在斗争中锻炼，靠批评和自我批评来加强党性。一个人，只要不掩饰缺点，善于听取别人的意见，就能够不断提高阶级觉悟。一个人，如果是真心革命，就不会让个人主义的灰尘迷住眼睛。这场谈话使我更加了解到革命战士要改造世界，同时也改造自己的意义。我正如我们时代的许多年轻人一样，当相信自己“正确”的时候，常常表现得十分固执，单枪匹马，个人突出，因而也就过分看重个人的成败。谈话以后，我时时警惕自己的毛病，决心不惜牺牲一切，献身给伟大的工人阶级的党。

已经是初夏了。菜园里的黄瓜蔓爬上了架，这里是小白菜，那里是小萝卜。傍晚，我和几个年轻小伙子在菜园浇水，只见罗克绳老远连蹦带跳地跑来了。他一把拉住我就走，高兴地说：

“告诉你一个好消息！”

我莫名其妙地跟着他跑出菜园。

“老秦已经把你的要求向党支部汇报了。”他边走边说，“经过研究，支部认为你可以正式申请入党。”

“真的？”

“真的！我做你的介绍人。”

我紧紧地握住他的手。

当夜，我坐在菜油灯下写入党申请书，并且写了详细的自传。我不断回忆起那些过去的日子，那些痛苦和折磨，我走过弯路，摔过跟头，是党告诉我正确的方向，把我引导到革命队伍里来，是党教育我培养我，使我懂得了生活的意义。现在，我长久的期待快要成为现实，我将成为党的一个成员。我忽然觉得天地都更加开朗了。

过了不久，一天晚上，月亮刚刚爬上山头，罗克绳领着我翻过一道小山梁，顺着林荫小路，走进一块不大的草地。月光穿过茂密的竹林，照着挂在树枝上的党旗，环境严肃异常。我只觉得心在怦怦跳动，脸烧得发烫。

支部书记宣读了我的入党申请书和自传，罗克绳把他平时对我的了解作了介绍，然后表决。

“一致通过！”支部书记宣布。

我极力抑制内心的激动，在党旗面前，庄严地宣誓：

“我志愿加入中国共产党，积极工作，努力学习，不惜牺牲个人一切，誓为共产主义的最后实现终身奋斗到底！”

这一天是 1939 年 5 月 18 日。

我觉得，成为工人阶级先锋队的一员，这就是最大的幸福，最大的快乐。我必须不辱没共产党员这个崇高的称号。

转　移

上班的哨声响了，车间里沸腾起来。我检查了发动机的油箱，添进了煤油，握着摇柄开动了发动机。不提防摇柄一滑，落下来，把左脚踝骨碰破一个小伤口。在厂里，手脚破点儿皮算不了什么，像往日一样，我也没在意。

过了半个月，伤口还不停地流黄水，时刻隐隐作痛。一天早晨，我去山后镇上采购材料，翻山越岭，来回跑了五十里。当晚赶回来，同志们又拉我去麻岭坑参加晚会演出。化装时解开腿上的绑带，小伤口已经肿了，身上也发烧，我忍着痛演完了歌剧《一根扁担换支枪》，不料散会后就站不起来了。

同志们把我抬上担架，送到留守处门诊所，一试体温，烧到 40℃。医生用小刀划开伤口，乌黑的脓血涌了出来，原来伤口内部全烂了。

第二天，我被送到军司令部后方医院，医生给我挖去腐烂了的肌肉，沿着踝骨挖了一个月牙形的大洞，足有半个菜碗口大。

我在医院里住了一个多月，伤口老不见好，心里惦记工厂，一闭眼睛，就好像听见发动机嗡嗡转动着。整天躺在病床上，心里又烦又闷。我实在忍不住了，请求医生发给我一些药膏绷带，腋下夹两根拐杖，一只脚跳回工厂去。正好半路碰见工厂派担架来接我。一回厂，我马上投入了紧张愉快的劳动。

这时候，国民党顽固派阴谋向日本帝国主义投降，调动了十几万人马，要消灭在江南敌后坚持抗战的新四军。兵工厂接到了撤退命令，连夜埋了机器，随着非战斗部队先撤。军医处和兵工厂跟着前卫部队走在最前边，刚离开茂林不远，顽固派军队就从中间插了进来。猛烈的战斗开始了。

我脚上的伤口还是那样大，拄着拐杖走，左脚一落地，就疼痛难忍，只好临时找到一副担架，请两个农民妇女抬着，随队伍撤退。

傍晚，我们撤到宣城地界，驻扎在一个大村庄里。大家忙着烧晚饭：我拿出药膏和纱布，坐在厨房的油灯下换药。庄外突然响起枪声，庄子里起了阵骚乱，老乡惊慌地向四外逃跑，国民党军队追过来了。

同志们急忙继续撤退。没有了担架，大家轮流搀扶着我走。我咬紧了牙，紧跟在队伍后面，伤口的血浸透了纱布和绷带，流进草鞋底，全身衣服都被汗湿透了。

漆黑的夜，分不清小路的高低。队伍前进的速度正在加快，我的左脚猛地踢在路旁的大石头上，大拇指的趾甲掀掉了一半，不停地流血，痛得我昏倒在路上，同志们轮流背着我跑了一夜。

行动更加困难了。国民党顽固派和日本鬼子、汉奸汪精卫一个鼻孔出气，他们派出了正规军和大批特务，密密地布下了罗网，来搜捕我们的同志。

队伍要渡过长江去建立新的根据地，沿途经过敌人占领的许多城镇。我们这部分人不是战斗部队，又没有武器，只好化了装分散走。

我躺在一家农民的床上，无法行动。所长和同志们走到我面前，看着我发愁。我说：

“你们走吧，不要为我一个人，拖累了大家。”

“运铎同志，大家相信你经得起考验。我已交代老乡，好好照顾你。等情况缓和一点，你再去找我们！”所长说。

“你们放心，我爬也要爬过长江去！死也不落在敌人手里！”

同志们换上便衣，按照指定的路线出发了。罗克绳紧紧握着我的手，舍不得放开。我催他赶快上路：

“你快走吧，过长江再见！”

罗克绳眼里闪着泪花，半晌才说：

“你要好好保重!”

他走到门口，又回头看看。我没想到，这竟是永别。

对我来说，这的确是一次严峻的考验。前面有八百多里路程，有敌人的严密封锁，时时都可能撞在敌人手里。心想，往前走一步，就离目的地近一步。只要还有一口气，就绝不能留在这里。我必须不顾一切艰险，赶上同志们，去迎接新的斗争。

我勉强爬下地，做出发的准备。和老乡商量，换了一身破烂的棉衣，又弄到一张姓周的难民证。怕脚上的伤口被人发觉，就买了一大张狗皮膏药，贴在纱布外面。当天下午，我挎了个要饭篮子，扶着一根树棍上了路。

我成天脸也不洗，蓬头垢面，越来越像个难民了。路旁田里，死水面上已经漂浮起一层薄冰碴，寒风扫过辽阔的田野，成群的乌鸦在头顶上盘旋。我咬紧牙，一步一步向前挨。一路上，看见一块石头、一个土堆，都想坐下来歇歇，可是一停脚，就累得倒在路旁。想到后面战场上英勇战斗的同志，想到前面开辟道路的战友，我又来了力气。我是他们中间的一个，不能被困难压倒。我擦擦头上的冷汗，挣扎着爬了起来。

黄昏后，拣最小的村庄留宿；天不亮，又急忙赶路。走大路怕暴露目标，专拣小路走。偶尔遇见推小车赶集的农民，他们也顺便送我几里地。就这样，一天又一天，一里又一里，赶往前去。

疲倦和伤口无情地折磨着我。

一天午后，太阳快落山了，忽然浑身发冷，两腿直哆嗦，我站不稳，一头倒在枯草窝里，缩成一团。剧烈的颤抖过去，接着又发高热，口里干得冒火，两眼烧得睁不开，原来是害疟疾。我连滚带爬，挣扎到水田旁边，大口大口吞着污水。不一会儿，稍微清醒了些，我扶着树棍，向前边冒着炊烟的庄子挣扎。

在草屋门前的柳树底下，一位大娘坐着搂麻线。我说：

"老大娘！天黑了，叫我借宿一夜吧，天亮就走。"

我两腿一颤，就倒在墙根下了。

老大娘丢下麻卷，慌忙跑到我跟前，拉着我滚烫的手问道：

"你是哪里来的呀？"

"逃难的。"

老大娘招呼来她的儿媳，把我扶进后院的牛棚里。那大嫂抱了一大捆稻草，铺在牛屁股后边；老大娘一手抱棉被，一手提茶壶，送进牛棚来，回身关好门，叫我休息。

"你委屈一点儿，睡在这里吧！这些天风声很紧，该死的汉奸天天来查，说是要捉新四军。你……"

忽然门开了，进来一个三十多岁的农民，他一边打量着我，一边皱着眉头向老大娘说：

"妈，别唠叨了，你给他烧点开水，我找药去。"

他凑近两步，蹲在我身旁，压低嗓门问道：

"同志，你准备过江吗？"

“你认错人了，我是逃难的。”

“别担心，我昨天带路才回来！”

“给谁带路？”我一骨碌爬起来。

“给兵工厂的同志。”

“他们在哪里？”

“赶得快还能跟得上。”

他笑着出去，不一会儿拿来了膏药，让老大娘掌着灯，用温水给我洗了伤口，再换好药。然后他说：

“趁黑夜赶路吧，天亮了不方便。不要紧，我们抬担架送你。你一定很累了，就在担架上睡一觉。”

这位大哥又找来了一个老乡。大嫂搬出一个藤躺椅，上面铺了床棉被，两边绑上茶杯口粗的竹竿。老大娘扶我躺下，给我盖好被子。两位老乡抬着担架抄村边小路，一直往北走。

北风在耳边不断呼啸，天要下雪了，冷得很。虽然天黑，担架却很平稳，这条路原是我们农民弟兄踩出来的，他们就是闭上眼睛，也不会失脚的。想着就要和同志们见面，我心里兴奋得怦怦跳，可是不一会儿就蒙蒙眬眬睡着了。

天蒙蒙亮，已经走出六十多里，担架上落了厚厚的一层白霜。他们把我安顿在一座破庙里。

“天快亮了，我们得赶快回去。同志们离这儿不远。你多保重吧！”

“谢谢你们！”我感激得不知怎么是好，只说出这一句。

“说哪里话！自己人嘛！”

那大哥又把他们随身带的干粮全塞给我，就把担架拆开，一人挑着被子，一人扛着藤椅，我们难舍难分地告别了。

前面就是溧阳和句容交界的地方。我按约定的记号打听，没找到人。后来听说一个村子里住着工人，我急忙赶去，到那里已经半夜，我怕惊动大家，就借村边一间小屋住下了。

不料第二天清早。天还不大亮，村里响起了枪声。我惊醒过来，慌忙下床。留我住宿的老大爷披着衣服，把我连扶带拖，跨过小菜园的篱笆，转进一道土沟，送到另一个村子上。

原来有一群特务，打听到消息，混进村里，拿着手枪堵住了罗克绳带领的那一个小队住屋的门。罗克绳他们用石头砸，用扁担打，勇敢地往外冲，敌人就开了枪。

这一次，六个同志被捕了，里面有四个党员，两个青年队员。他们是黄虎胜、于志修、张先哲、张光先、余长海，还有罗克绳，他受了重伤，没有冲出来。

敌人把被捕者捆在大庙的柱子上，一个个严刑拷打，要他们供出新四军活动的情况。同志们被打得死去活来，大殿上溅满了血，但是没有一个人屈服。在他们心里，有一道攻不破的防线，这就是对革命事业无限忠诚的意志。这道防线，永远不会崩溃。

当天下午，狗特务把我们的同志转交给日本鬼子。敌人都一样残忍，也都一样愚蠢。日本鬼子用水灌，用火烧，照样得不到什么东西。

鬼子派人在村口大道旁边，连夜用木板搭起一座大台子，又逼着老乡们在台下面挖了六个坑。他们想用屠杀来恐吓人民。大清早，走狗们敲着锣沿路吆喝，鬼子兵端着枪，挨门挨户把大人孩子都赶到台前去。

凄凉的北风扬起灰蒙蒙的尘土。我们的战友被推到台前。许多老乡看见他们血淋淋的模样都哭了，敌人就拿鞭子乱抽乱打。战友们激昂地高呼："中国共产党万岁！""毛主席万岁！"从容跳进了土坑。台下成千人的呜咽，变成了痛哭。敌人慌了，拿起铁锹直往坑里填土。战士们同敌人战斗到最后一秒钟，决不屈服！死亡永远不能征服人民的战士。

这天夜间，地方上的党支部同志把我送到一个小学校去。他们得到紧急指示，向敌人展开反搜查斗争，保护自己的同志。我刚进门，一个穿棉袍的商人打扮的人向我扑过来。

"老吴，你可来了！"

原来是秦永祥。他也是那天脱险的。我们紧紧拥抱着，激动得说不出话。想起那些英勇牺牲的同志，我们都禁不住流出热泪。

这里还有二十来个各式各样打扮的男女青年同志，我都不认识。他们也是被敌人冲散的。我们编好小组，准备作更艰险的行军：穿过敌人占领的常州城，渡过长江。

秦永祥、我和四个女同志编在一个小组。因为我正闹病，需要休息，只好晚些出发。农民同志们夜以继日地防护在小学校的四周。

过了两天，我们这一组拂晓出发，带路的同志领着我们悄悄走到一条小河旁，钻进了船舱。进城的男女老乡也上了船。船开出二十多里，星星才隐没在青苍色天幕的后边。

机警的带路人领着我们混过敌人一道又一道关卡，旁若无人地走过常州城内萧条的大街，城外小河里早有一只小木船等着我们。

出城二十五里，船行到了最后一道岗哨。一个汉奸拿着一根皮鞭，从碉堡那边摇摇摆摆过来了，后面跟着一个鬼子兵。他们跳上了船。汉奸站在舱口，把头伸进来喊道：

“检查！”

我暗地扯扯老秦的衣角，会意地交换了一下眼色，虽然没说话，我们已经得出共同的结论：万一暴露了，先把这两个家伙推下河！

鬼子兵站在船头，只顾伸手向船夫讨美丽牌香烟，叫着：“美丽美丽！”鬼子愈来愈穷，连香烟也抽不上了。

坐在舱口的带路同志忙从口袋里拿出一块银元，交给船夫塞过去。鬼子兵眉开眼笑地向那汉奸一努嘴，扭头走了。

前面就是长江，暴风掀起雪白的浪头，冲击着堤岸。江边停着几只破旧的小渔船，在惊涛骇浪的冲击下颠簸着。敌人的军舰来回巡逻，封锁了江面，看见渡船就用机枪扫射。为了尽量减少牺牲，我们小组又分开单独行动，各人找港口设法渡江。老秦看我的伤口没好，行动不方便，跟我留在一起，好随时照顾。

我俩一整天都伏在堤岸上，观察敌舰的动静。身子紧贴着地面，动也不敢动。狂风过后，空中飘起了鹅毛大雪，江上灰蒙蒙一片。

“来了！”老秦轻轻拉了我一把。

只见下游飞驶过来两艘鬼子军舰，浪花翻滚起来，有一丈多高。接着响起一阵清脆的机枪声。

“又有人受害了！”老秦愤恨地说。

身上冻得有些麻木了，不远的江堤下边，有一间孤零零的小茅屋，大概是渔人歇脚的地方。我俩跑进去，想找些吃的。屋里却一点儿烟火气也没有，尘土盖没了脚面，严寒把蜘蛛赶进了墙缝，小屋四壁透风，几块烧得焦黑的土坯砌的小灶也塌了。它的主人呢？

墙角灰烬旁边，有几块红薯皮。我说：

“这里一定有人住，你看……”

“有人就有办法。”老秦说。

果然，黄昏时候，一个老渔夫背着一捆柴进来了。我们帮他生了火，老人问道：

“你们怎么跑到这里来？”

“准备过江！”

“过江？这可不是玩儿的！弄不好就把命送掉。这一带你们有熟人吗？”

“没有。”我和老秦同时回答，“请你帮帮忙吧！老大爷。”

“不好办啊。”

老人从布袋里倒出几个红薯，拨开通红的火灰，把红薯埋在里面。我们就这样围着炉火谈了一夜。天快亮了，老秦凑到老人跟前，亲切地说：

“老大爷，跟你说实话，我们是新四军，得到命令要转移到江北去。你帮帮忙吧！”

“你们是新四军，怎么不早说！拼上老命不要，我也要送你们过去。你们放心好了，有我就有你们。”

兵舰上的绞锚机隆隆响起来了。老人招呼一声，我俩跟着出了小茅屋。外面积雪很厚，我们后脚套前脚，脚印叠脚印，一直走到港口，准备趁兵舰到上游巡逻的空隙冲过江。

我们上了小渔船。老渔夫撑着舵，摇动后橹。我俩坐在船旁，使劲摇桨，顶着西北风，破浪前进。小船行驶在汹涌的波涛上，一会儿抛上去，像要离开水面，一会儿又陷下去，周围的浪头就像一堵堵的围墙，浪花直往脸上扑，紧张的搏斗使我忘记了伤口的剧痛。到达北岸以后，都累得满头大汗，而衣服上却结起了厚厚的冰块。

我们终于到了苏北。

一进黄桥镇，街头到处张灯结彩，锣鼓喧天。老乡们挑着

鱼肉，背着成捆的鞋袜，慰劳参加黄桥大战的战士们。原来就在我们突围的时候，国民党顽固派向苏北我军也发动了进攻。被复仇烈火鼓舞起来的战士们，把顽固派一个军赶进一条河里，饱饱尝了一顿机枪手榴弹。敌人死尸压死尸，填满了河沟。殷红的河水被尸体堵塞，溢出堤岸来。连顽固派军长李守维也淤在河底，喂了王八。

当天晚上，我瘸着腿跟老秦兴奋地参加了庆祝黄桥战斗胜利的军民大会。

反“扫荡”

新四军不但没有被消灭，反而更加发展壮大了。党中央决定在苏北成立新的军部，全军扩大为七个师，坚持华中抗战。军司令部成立了军工部，领导建立修械、炮弹、手榴弹等兵工厂，加强作战的力量。秦永祥被派到修械厂，我担任了军工部党支部书记。

我的伤口一直没长好，现在生活一安定下来，连脚背也红肿了。眼看着无数同志千方百计地到处搜集破铜、碎铁、烂机器，我又怎么能只顾个人的一点伤痛呢！不久，军司令部决定要建立子弹厂，军工部长对我说：

“老吴！这个任务交给你了。我知道你没造过子弹，可是别人也没造过；更糟糕的是一无材料，二无机械，困难当然困难，不过革命就是从无到有，从小到大。只要发挥革命毅力和创造智慧，总能想出办法。”

还有什么可说的呢。让一个战士去执行严峻的战斗任务，这是党对他最大的信任，因为党相信我们不会碰到困难就向后转，成为可耻的逃兵。我应该珍惜这种信任，愉快地接受了任务。

终日狂风大雪。我们驻扎的古庙盖满了白雪，院子里柏树的枝丫都压弯了。我站在台阶上，望着墙根出神。那里散乱地堆着搜集来的许多破铜废铁，有钢轨，也有铁板。我们的子弹厂就要从这堆废铁里诞生出来。

大庙的正殿里耸立着三尊大佛，斗大的脑袋一直顶到大殿的屋顶，成天眯着眼睛，猜不透他们在想些什么。我们在佛座下铺了稻草，挨着窗棂架上案板。古庙的大殿便又是宿舍又是车间了。

东西配殿做了修枪厂。我去领了几发步枪子弹，把弹头拔掉，仔细地量着子弹各部分的尺寸，计算了材料的重量，记在日记本上，成天地揣想子弹各部分的制造方法。

我先制出一副弹壳模型，但是制弹壳要用铜。这类材料很缺乏，只有要求每个战士珍惜每一颗空弹壳，把保存的弹壳汇集缴回工厂，由我们用钢模压制，使它恢复原形，再造成子弹。不过，弹壳底部的火帽在发射时被撞针击毁了，必须换成新的。

我们没有做火帽的铜片，只好把那些不能再用的裂口的空弹壳剪开，锤成薄片，来代替火帽材料。

我就这样守在大殿里，不分昼夜地干。冷风时常从雕花的窗缝钻进来，手冻僵了，脚上的伤口发痒了，我就离开木案走动走动，往手上呵呵热气。

在敌人重重的封锁下，火药原料是找不到的，只好去寻找代用品。我把红头火柴的头刮下来，准备用酒精泡开，制成起火药。但是找不到酒精，就到小铺里打了二斤老烧酒，又做了个洋铁罐子，把烧酒蒸馏一下，当酒精使用。谁知火柴爆炸力太强，不适合做起火药。我又跑到厨房里刮下锅烟子，掺在一起，才配成了起火药。不过红头火柴需要很多，根据地不出产这东西，从敌占区运来又不方便，后来我们到药店里买了雄黄和洋硝，混合配制，才解决了这个难题。

当时我们还没有大炮，缴获来的各种炮弹用不着，都堆在那里。我把它们一个个拆开，取出炮弹壳里的发射火药，又做了一个小铜碾子，把火药碾成碎末，做子弹的发射药。这种易燃物体，摩擦过度容易起火，把人灼伤，所以每次碾末都要特别小心。

制造弹头的材料更缺乏。我试着把铅熔化了注入模型，做子弹头。但是铅经不住高热，发射时，铅头子弹经过枪管，把柔软的铅渣填满了枪筒的来复线，步枪有被炸毁的危险。最后改用铜元，放在弹头钢模里压成空筒，做成尖头的子弹头，里面灌上铅，实验就完全成功了。

接着还要制造机器。我从废铁堆里找出几节切断了的钢轨，中间钻个洞安装模型，然后把铁轨钉在案上，算是“冲床”。修械厂也为我们制造出一批手模、冲子等简单的工具。上级又调来一部分人员，成立了子弹实验厂。

实验工厂刚开工，日本鬼子就来“扫荡”了。这天，吃过早饭，庙里的大铁钟响了，这是空袭警报的信号。我连忙把那些零碎工具装进袋子，背上就跑。刚出庙门，六架敌机迎头冲来，只听耳边一声呼啸，三颗炸弹同时落下，我顺着雪堆滚下斜坡，车间立刻发出震耳的爆炸声，砖瓦木梁嗖嗖从头顶飞过，烟和尘土像浓雾似的迷漫了大庙，倒塌的屋顶埋住了机器，佛像也被炸得东倒西歪，龇牙咧嘴。敌机没发现目标，打一阵机枪飞走了。

随着轰炸，敌人冲进了这年幼的根据地。

黑夜里，各厂同志冒着风雪，把机器、材料抬上了船，沿着小河向东北海岸大荒地撤退。坚固的冰块封闭了河流，船只挤在河里开不动，同志们卷起裤脚，跳到冰块上，抡开大锤砸破冰块，开辟前进的道路。

夜间看不清四处景色，怕暴露目标，也不能点火把，往往脚下一滑，人就扑通掉到水里，大家又撇下机器去抢救伙伴。湿透的衣服被冷风一吹，立刻结成冰甲。女工同志们背上背着孩子，手里握着竹篙撑船，男工同志们拽起纤绳，沿着堤岸一步一步往前拖。岸边密密麻麻布满了钢刀一样的冰刺，碰到我左脚的伤口，引起一阵阵剧痛。

凶恶的北风扫过灰色的海洋，扫过一望无边的大荒地，扫过海岸熬盐区的盐堆——成群的盐堆耸立在海岸的荒滩上，就像一个个白色的岛屿。暴风夹着盐粒和雪花，冲到人身上，渍得肉疼。在这个咸土地带里，草木不愿生长，飞鸟也不愿歇脚，只有稀稀落落的几座盐民的茅屋，点缀着辽阔的荒原。

我们在茅草屋里安了家，架起机器重新干起来。荒凉使人们忘掉大米和白面，连玉蜀黍也看不见了，黄豆吃完吃绿豆，大麦吃完吃红薯，最后连红薯藤子也吃了。井水河水全是咸汁，雪水成了甘露。

后来敌人追到荒滩上来，我们又化整为零，并且派一部分同志带些机器上了大盐船，张开大帆，在海上建立了分厂。就这样，我们坚持了武器和弹药的生产。

荒原上转过风向，东风带来了雨季，终日一阵风一阵雨，半个多月太阳不露面，茅草棚子塌的塌，漏的漏，同志们撑开军毯，照常工作。这里百十里路没有人烟，运输本来就很困难，再加上暴雨，补给就完全断绝了。材料、粮食眼看快没了，我们只得离开海边，转移到盐城附近的水网地区。

人工挖掘的河渠，像蜘蛛网一般交错在苏北平原上，除了河流，就是水田。初夏时节，河堤上飘着鹅绒般的柳絮，褐色的小燕子满天飞，巨大的风车在堤岸上旋转，农民们忙着往稻田里灌水，赶插早秧。在那绿色林阴下的茅舍里，我们的工厂又开工了。

那时候，不光要用战斗精神来劳动，还要随时准备作战。每个工人都带着两种武器，除了钳子、锉刀以外，还有步枪和手榴弹。工人们平时都把子弹压进步枪的弹仓，放在身边。

秋天来了。一天早晨，太阳刚露头，忽然听见小河里有汽艇的马达声，接着机枪扫射起来了，掷弹筒炮弹在河岸上炸开，烟雾淹没了沿河的柳林。敌人偷袭我们的工厂来了。

工人们立刻放下工具，拿起武器，沿河岸散开，抵挡敌人的进攻。敌人的汽艇靠不了岸，像掐掉头的苍蝇，直在河心里打转。工厂就利用这个空隙撤退。女同志和工人家属先顺着隐蔽地带转移，机器能带的都带走，不能带的就埋起来或是丢在池塘里。

我们撤退完了，日本鬼子冲上岸来，炸毁了机器座子，烧了房子，又紧紧跟踪追来。

各厂的工人们迅速编成了战斗小组，边打边向阜宁转移。当时我是子弹厂的政治指导员和工会主席，领着一个青年工人小组，掩护家属和照管机器、材料。这一支队伍连老带少一百多人，妇女们有的生病，又有孩子。那些娃娃们，有的刚会走，有的还没断奶，一有动静，就哇哇叫。行走起来队伍拉半里长。青年工人们就前前后后来回跑，扶大人，背孩子。到了宿营地，这些年轻小伙子，要担任警戒，又要四处找粮草，刚合上眼休息一下，又要出发了。

兵工厂是敌人的眼中钉。敌人紧紧地跟着，一步也不放松，敌人到东，我们就到西；敌人向前扑，我们就向敌人后面钻。我们不是战斗部队，能够保护好自己，就是胜利。

一天中午，我们到了一个四面环河的村庄，打算在这里整理队伍，休息一下，做顿饭吃。同时把一些半成品埋藏起来，减轻行动的负担。两个同志帮我把东西抬到一个小菜园里，刨了几个坑，把一个个小箱子放进去。忽然，邻庄鸡飞狗叫，老乡们拖着孩子，向庄外奔跑。

鬼子又追来了。

这庄子只有一条木桥进出，再慢一步，撤退就来不及了。我对他俩说：

“你们快回去，带着队伍过河，绕到敌人后面去，我埋完东西，再去找你们。”

敌人很快到了南河岸，木桥被我们拆了，敌人站在桥头向庄子里乱打炮。我填完最后几锹土，又在坑上盖了些烂草和树枝，弯着腰往河边跑，敌人发现了，打来一阵乱枪，脚下土噗噗冒花，我一翻身滚下河堤，嘴里咬紧手榴弹的布袋，左手举起步枪，游过了小河。

军工部带领各个小队，冲破敌人的包围圈，退到阜宁去了。我们这一小队跟领导机关失去了联络。

我们只好向西北方的阜宁前进，沿途又收容些前面掉队的同志。白天行动不方便，就在树林里休息，晚上互相牵着衣襟赶路，绕过那些火光闪闪的被烧的村庄。就这样跟敌人周旋了一个来月，天气转凉了，田里的稻子也黄了。最后我们走到一处叫丁家渡的地方，忽然发现陷进了敌人的包围圈。

这里四面都是河流，又是开阔地带，如果被敌人发觉，连隐蔽的地方也没有，必须连夜冲出封锁线。我把队伍带到一道土埂下面隐蔽起来，和一个同志去找船。

我俩轻轻走进村外一个小茅棚子，擦亮一根火柴，唤醒了主人，这个农民听说我们是新四军，马上拉我们往河湾跑，那儿正锁着六条船。

“这船是‘瓦房子’的，向他们借用一下吧。”他说。

原来“瓦房子”指的是地主。我们又翻身往瓦房子家跑，好说歹说才叫开门。

“深更半夜，又不报丧，干吗砸门啊！连个安稳觉也不叫睡吗？”地主气势汹汹地说。

“船借我们用一用，弄坏了赔你的。”我说。

“哼！你们新四军还赔得起船呀！”地主眯缝着眼睛，坐在太师椅上，装着打瞌睡。

时间是不能再等待了。我们一边说，他一边打呼噜。我急得把驳壳枪掏出来，枪栓拉得哗啦响，大声说：

“干脆，你说，借不借？”

地主立刻吓得变了脸色，浑身哆嗦，又是作揖又是打拱，连说：

“借……借……借！”

“你早该说借了！”领路的农民得意地笑起来。

当天夜里，大雷大雨，天黑得伸手不见五指，淋着倾盆大雨，我们把机械和材料搬上了船。风大雨大，孩子们饿得直哭，妈妈们焦急地把干瘪的奶头塞到孩子嘴里，也哄不住。我们是逆流而上，河里涨水，船直往后退。当地许多农民得到消息，半夜里跑来帮助拉纤。响雷在头上爆炸，一道道闪电照得眼花。

船行不远，碰到敌人预先布置的封锁网。敌人把河岸上的大树砍倒，一排排埋在河中，树和树之间用铁条连上钉牢了。我们跳进河里，拿钢锯锯断铁条，农民们在树桩上系上粗麻绳往外拔。从河里拔掉三根大树桩，大家一齐使劲把船硬拖过去。在丁家渡口，又碰上同样一道封锁网，也照样被突破了。

这一夜，我们简直用尽了所有的力气。人人脸色铁青，被疲乏、饥饿、寒冷折磨得站也站不稳。体质弱的人，走着走着就晕倒了。这里离阜宁有六十多里，还要通过反动地主武装土匪控制的地区。我们顾不上休息做饭，抬着病号，互相搀扶着，继续向前赶路。

傍晚，刚渡过漕河，武装土匪果然扑过来了。数百人摆开扇形队伍，想把我们压进大河里。我们趴在河堤上抵抗，十多支枪压不住敌人的气焰。正危急间，侧翼忽然响起了密集的枪声，原来是住在附近的我们的战斗部队赶来了。

土匪们丢下死尸，扭头就往回跑。我们紧跟着队伍冲上去，像赶鸭子一样，把土匪挤到一个大院子里，抓了俘虏。

我们在这里舒舒服服过了一夜。战斗部队的同志们给我们做饭，安置住处，就像招待客人一样，第二天又护送我们离开了战斗地区。

我们这小队，终于到达上级指定的归队地点，人员一个没有损伤，机械没丢失一件。

在党的领导下，根据地的军民取得了反“扫荡”战斗的胜利，把敌伪军赶出了根据地。

第二次负伤

随着华中抗战形势的发展，军司令部决定把我们这些兵工干部和工人分配到华中各根据地去，建立更多的兵工厂。

军工部吴师孟副部长带着一部分同志去二师，那是罗炳辉师长率领的部队，驻在淮南根据地（包括安徽省津浦路东西两侧地区）。我也被派到淮南去。

激烈的反“扫荡”战斗，打了五十多天。日夜作战和转移，我左脚的伤口弄得愈烂愈大，成天淌脓流血。医生说伤口已成了慢性溃疡，没有特效的医疗方法，要我每天露出伤口晒太阳。

早晨，太阳越过村东头的大树梢，我坐在墙角地下背靠着墙，解掉绷带和敷料，把伤口伸在阳光下晒。同志们在屋里忙着化装出发，窗口不停地传出打闹的嬉笑声。

从苏北到淮南要步行几百里，要越过敌人盘踞的村镇、炮楼、公路和重重封锁线。怎样完成这艰难的行军任务呢？我瞧着伤口直发愁。

同志们在找我换服装，小鬼拿着一套旧便衣，带头跑出屋来。

同志们见到我的伤口，都默不作声。一会儿，钳工老李说：

"老吴，只要有我们，抬也把你抬到淮南去。"

是真的，只要和自己的同志在一起，我什么也不怕。这多年来在战斗中，在建立敌后兵工厂的斗争中，我们度过了多少艰苦困难的日子啊！

越过黄河故道，我们向敌占区挺进。上级为了我们的安全，特地派遣了一个营的部队护送我们。我们日夜赶路，不时还要进行小的战斗。急行军时，部长把马匹让给我骑，在同志们的关怀帮助下，一个月后，我们胜利完成了这次战斗行军，进入了淮南根据地边境，在高良涧乘上了大帆船，一路顺风驶进了洪泽湖。

朝雾迷漫，湖水连天。渔船结队撒网，水鸟不时惊起四飞。

芦苇丛里突然驶出一队船只，一字摆开，挡住了我们的去路。主力舰船头上架着小钢炮，甲板边缘堆着沙袋，船舷四周挂满半寸厚的大铁板当装甲，这是我们的海军——二师巡湖大队。

主力舰上打旗语，要我们落帆受检。当他们听说我们是军部派来建立兵工厂的，舰队里立即爆发出欢呼声，指导员领着舰队的战士们，送来许多大筐的鲜鱼和菱角，舰上的战士们挥着手直嚷嚷：

“同志们！没有别的慰劳，吃点鱼罢！”

“同志们！多给我们造些炮弹！”

一进大门就遇到这样好客的主人，弄得真过意不去。同志们的信任，这是更珍贵的礼物。它给了我们更大的鼓舞和信心。

到了二师司令部，罗师长陪我们吃饭，晚上又陪我们一同坐在地上，看文工团演戏。人人都盼望在这里赶快建设起自己的兵工厂。

一切都是从头开始，吴师盂担任了二师军工部部长。交给我的任务是建立步枪子弹工厂，年产量是六十万发。军工部派了两个钳工，一个锻工，两个车工，两个小鬼算学徒，连我一共八个人。在这毫无工业基础的农村里，要建立起工厂，摆在面前的困难是多的，但困难对我们来说，又算得什么呢？只要有党的领导，发扬我们党的革命传统——自力更生，奋发图强，我们就一定能取得胜利。

接到任务后，我那左脚上的伤口，仍是张着铜板大的血口，一走就出血。偏偏又得了肠炎，连日地拉肚子，真是“内外夹攻”，只好到医院取点药来，一边治，一边工作。

一年要生产这么多的子弹，就必须要有生产子弹的设备和机床，这些庞大而又要求精密的机床又从哪里来呢？我们决定从自己设计开始，把各种机床制造出来。

军工部材料科的同志们，千方百计地为我们收集破铜烂铁，作为我们制造机床的材料。还从另外一个修械厂调来一部四尺长的皮带车床，两部老虎钳和一台手摇钻。村上农民腾出两间茅草屋子给我们当车间，背包一放就算安了家，从此我们就开始了紧张的劳动。

交给我的任务是设计各种机床。制图用的丁字尺和三角板是用木片钉成的，一个小学生用的破旧圆规，两支铅笔。这些就是我们的全部制图仪器。借来当床用的门板，铺上一张白报纸，权当绘图板。

机床的设计是不可能按照自己的主观愿望来进行的，也不可能硬搬现成的理论，因为我们缺少材料。某些机件的制造需要大型工作母机，而我们仅有一部四尺车床。大的锻造机件需要有空气锤，我们最大的铁锤只有十二磅。较大的铸造件也无法制造，因为我们只有一个用人工拉动木风箱鼓风的小熔铁炉。此外还要考虑战斗中的转移，机床也不宜过大。最重要的，还得看我们收集的材料怎样，有什么就利用什么。这就是我们设计的立脚点，如果不从这里出发，想象得再完美，在实践中也还是不顶事。

茅屋没有窗户，东西墙上临时掏开两个小洞，早晚随着太阳转向，搬动那扇两用门板，借着墙洞透进来的亮光，绘制图

样。有时候也跑到车间做实验，寻找设计上的缺点，检查代用材料的性能，使设计更切合实际。

当弹壳大冲床的图样完成的时候，我们立刻分成三班干活，昼夜不让车床停歇。每天鸡叫头遍，我上最后一班。我们常常一连几天通宵不睡，黑夜接着白天，干了一班又一班。有时过于疲倦，就倒在机器旁边，不知不觉睡着了，一会儿醒来，用冷水擦擦脸，再接着干。吃饭时，炊事员把饭送到车间来，我们也顾不得满手油腻，拿起碗筷就吃。

一天黄昏，材料科的牲口大队，运来大批材料。牲口背上的驮篮里满装着破铜碎铁，还有几匹牲口驮的是不能使用的迫击炮弹，这是打扫战场时收集起来的。

我们跑出车间，帮着卸驮篮。赶牲口的同志把鞭子往腋下一夹，递给我一封信。我拆开旧纸糊成的小信封，里面有张纸条，是吴师孟部长写来的指示：

“……前方等着炮弹，务请尽一切力量，提早修好。”

一切为了前线的胜利。我们停止了制造机床，来抢修炮弹。这批炮弹没有一个零件，只剩一个空弹壳，不是修理，等于重新制造。我们找来一颗同类的完整炮弹做样子，依样画葫芦来制造每一个零件。炮弹修好了，就是缺少引发爆炸的炸药——雷汞。我们当时没有制造雷汞的材料，前线又急迫地需要炮弹，要能很快得到雷汞，办法只有一个，从旧炮弹里去挖取。

我收集了一些旧炮弹，这些炮弹大多是在历次战斗后，在打扫战场时收集的一些敌人打过来没有爆炸的炮弹。我把这些形形色色的炮弹的雷管拆卸下来，浸在洗脸盆里，放在宿舍的床底下。

一天一天地过去了，可是白天黑夜里，只听见敌人的大炮轰轰声，想到自己的炮兵还在焦急地等着我们的炮弹，看着浸在脸盆里的雷管，这叫人多么焦急啊！

一个多星期过去了。一天早晨，早饭后，同志们都到车间里工作去了，宿舍里只有我一个人了，我关好门，把脸盆搬到桌上，我坐在桌旁开始挖炸药。我从脸盆里拣了一支最大的雷管。仔细地观察了一会儿，拿着小签子轻轻地挖出了一小块炸药。我以为没事了，没想到凉水只浸透了雷汞表面一层，内里还是干的。当第二次签子一接触炸药的表面，轰的一声，这支雷管就在我左手里爆炸了。

眼前火光一闪，泡雷管的脸盆里，红成一片。左手炸掉了四个手指，肉和皮炸得飞起来，贴在墙上，贴在桌面上。左腿膝盖炸开了，露出了膝盖骨，左眼直淌血，什么也看不见了，脸上炸了几个洞，浑身麻木得失去了感觉，反而不知疼痛。

我赶紧用右手握紧左手手腕，阻止流血。低头一看膝盖的伤口，直担心腿骨炸断了，全身就像着了火，急得我在屋里来回跑，不知怎样才好。

车间里工作的同志们，听见宿舍里爆炸，赶紧丢下工具就跑。那些家属大嫂们，丢下孩子也跑来。大家忙着绑了个担架，把我抬到了医院。

院长和医生们都忙着为我准备手术。他们为我洗伤口、消毒。衣服脱不下来，只好用剪刀把衣服剪成碎块。

天黑了，解放区没有电灯，没法动手术，只好等到天亮。可是这天夜里，死亡严重地威胁着我，我什么也不知道了，我陷入了严重的休克状态。

同志们白天黑夜看守着我，想我是活不成了。但是我还有一丝气息，脉搏仍在微弱地跳动着。但有时醒来，睁大一只右眼，谁也不认识，也不知道吃饭，同志们急得把我牙撬开，天天给我灌凉开水。大小便尽拉在病床上，害得护士同志们成天为我换床单。

这些日子里，同志们都在为我的生命担忧，吴师孟部长也特地赶了几十里路来看我。

后来护士同志们告诉我，说我在白天或是深夜里，时常猛地从床上跳下来，一直往大门外跑，挥舞着缠着绷带的胳膊，高声喊叫：

“我要回去！前方等着炮弹哪！”

可是，我左腿负伤很重，身体衰弱不堪，跑出大门不远，就摔倒在大路旁的水稻田里。

整整地过去了十五天，这天下午，我突然清醒过来了。我恢复了知觉，额角上沁出细汗，身上有些闷热，我推开被单，衰弱地喊了一声：

“渴。”

值班护士小张惊喜地凝视着我，突然她一转身，拔腿就跑。一时，院长、医生和护士，都赶来了，挤满了病房，同志们为我重新获得了生命感到高兴。护士同志赶忙端来开水，一匙一匙往我嘴里喂，我深深感到阶级友爱的温暖，感到革命大家庭的幸福。

三天以后，我被抬到手术室，继续做完左手伤处的手术，据说第一次手术，因我休克不醒，手术只做了一半。

我左手捆满绷带，左腿膝盖处也捆着绷带，摸摸脸，也全用纱布绷带裹起来了，只露出嘴和一只眼。伤口不时疼痛。我躺在床上一动也不能动。

冬天来到了，窗外飘着雪花，北风呼啸，穿过病房破墙缝隙，不时引起人们的寒噤。我成天躺在病床上，望着日落日出，数着心脏的跳动。我尽力排除心中一切不安的影子，可是一想到我们的工厂，想到那些未完成的机床设计，心里便非常不安。弄得我长夜难眠，我想我这时能做点工作该多好啊！

一个深夜里，伤处剧烈疼痛，我再也不能入睡。想起那些机床的设计，叫人不得安宁。我想利用躺在病床的时间，把每部机床的结构都想好，等我出院后，在设计工作上，就可赢得很多的时间，加快建厂的速度。我一直想到天亮。

次日中午，值班护士离开了病房，我想把自己想好的设计方案和机床结构记在自己的小本上。我从枕头下取出了日记本和钢笔。可是躺在床上，一只手仍然是无法工作。我用两手腕关节顶住床板，使劲挣扎着坐起来，手腕一出力，左手伤处疼痛难忍。我只得倒下去稍事休息，第二次我一使劲儿，终于坐起来了。我满心欢喜地打开小本，记录机床设计的方案和结构草图。

护士小张提着一壶开水走进病房，惊愕地瞧着我的左手，突然说了一声“不好”，扭头就跑出了病房。

护士的惊愕，弄得我难解，也不知发生了什么事。只觉得左手伤处湿漉漉的，我抬起左手一看，白色绷带全变成红的了，鲜血穿透敷料和绷带往下滴。

医生和护士赶忙跑来，解开绷带和敷料，从伤口里喷出一线血流，直喷到病房的墙壁上，原来是我在坐起时，手腕关节顶在床板上用力过大，震断了伤口内的动脉血管。

血不住地喷着，医院没有血管钳，太阳下山了，动手术也不可能。护士用橡皮管扎紧手腕，血流仍在缓慢地渗着，最后在这茅屋病房的屋梁上，拴上一根绷带，把我的左手高高地吊了一夜，次日天明后，我又被送进手术室扎血管。

我的秘密很快被医生发觉了，院长严厉地批评了我一顿，没收了我的小本和钢笔。我只得成天躺在病床上，想着机床设计，硬记在脑子里。

一天，司令部周参谋长到医院检查工作。他来到病房，沿着病床，依次向伤病员问好。最后，他走到我的床前，查看了病床前挂的牌子，他看了我一会儿，问道：

“你是拆信管炸坏的吗?”

“是的。”

他坐在床边，摸摸我的额角烧不烧，看看水杯脏不脏，被子是不是单薄，又问伙食好不好，窘得我不知怎样应对。

“一切都好!”我喃喃地说。

“真没有一点困难吗?”

“就是没法工作。”

“那你就好好休养。”参谋长微笑着说，“你不要为残废担心，一个革命战士，只要心在跳动，他就能工作。”

首长的话，给了我鼓舞，但也加重了心思，只想早日回厂工作。

在医院同志们的悉心治疗下，脸部的伤口已愈合，体力也趋渐恢复，我终于能起床走动了，只有手和腿上的伤口，老不见小。

窗外柳枝吐出了新芽，春天又来到根据地。

这年春天带来了胜利的喜悦，津浦路西界牌集反顽战斗已获全胜。

战斗结束后，由前方送来一些负伤的战士。我们的病房，又多了两个年轻的伤员。这天傍晚，他俩忍着伤口的疼痛，从被里挣扎着坐了起来，兴高采烈地谈论着这次反顽战斗的经过。他俩的谈话，吸引了全病房的同志，鼓舞了我们的斗志，增加了胜利的信心。最后，他们谈到了部队弹药缺乏的困难情况，也引起了我们心情的沉重。

这天晚上，我在被子里翻来覆去睡不着，特别是想起那些艰苦斗争的日子，战士们每人只有两三发子弹，部队行军时，子弹袋是空空的，战士同志们不得不选些粗壮的高粱秆，切成子弹一般长，排列起来装在子弹袋里。

想到这些，我更是想要回去工作，我不能成天躺在病床上，无聊地瞧着茅屋顶棚。

好容易挨到天亮，我急忙穿衣起床，刚走到院子里，年轻的女院长就迎面走过来了：

“你怎么起来了？”

“院长，我要求出院！”

“什么？”她瞪着两只大眼瞧着我。

“我要出院！”

“你别胡说啦！你的伤口还没长好，怎么能出院呢？”

我把昨晚的经过都告诉了她。

“这些情况我也清楚，我也愿意你早回去。可是你伤口不好也不能工作呀。”

“我回去就安心了，自己不能工作，帮同志们出点主意也好。我们工厂附近有个门诊所，我每天可以去换药。”

院长最后点点头，同意了我的办法。她说：

“你先等一等，我给你开个介绍信。”

我回到病房，就向军工部派来照顾我的小同志说：

“小鬼，快打背包，咱们走吧!”

护士同志给我换了一块新三角巾，把左手吊起来。我和同志们告别后，撑着树棍就走。

医院离家二十多里地，一路上膝盖上的伤口，挣出了血。直走到天黑，远远看见工厂茅屋的影子，我兴奋得忘记了疼痛，拖着小鬼就跑。心想：我又能和同志们紧张愉快地劳动在一起了。

新任务

长期住医院，好像手脚都闲得笨拙了。眼前的任务是继续造机器，建立兵工厂。许多制造子弹的机器还没有设计，车间里等着图纸加工制造。我摘下挂在左手上的三角巾，用包扎绷带的左手按着三角板和丁字尺，忍着左手伤口的疼痛，趴在床铺上继续设计制图。有时也跑到车间，跟同志们一块儿做试验。炸瞎的左眼和炸断四根指头的左手，使我碰到许多不便。铅笔秃了，就用左臂按着铅笔，再把它削尖。我顽强地练习用一只手工作。

星期天大清早，同志们都在打扫屋子，洗衣服。我刚走到门口，迎面过来一个炮兵，牵着一匹大骡子，驮来一门迫击炮。

炮兵说：

“我们的迫击炮打坏了，请你们修理修理。要得很急，我住在厂里，等你们弄好了，马上带回去。”

我把迫击炮全身查看一遍，没有毛病，就是底座中间的一个零件震坏了，需要制一个新的装上。我招呼大家把炮卸下来，抬到车间去。

我装上毛坯，开动了机器。

天近正午，零件做好了，就是表面有许多毛碴，不够漂亮。我想再磨光一点，就拿起锉刀，左臂轻轻按着锉刀的尖端，谁知机器转得飞快，手刚触着制件，绷带就被这零件表面的毛碴挂住了。受伤的左手也跟着被拉过去。在我旁边干活的一个工人飞步跳过来，把机器停住。可是伤口已经挤肿，流出很多血，浸透纱布，把皮带也染红一大块。

同志们又把我送到医院去。医生上了药，要我住院。

“我刚出院，怎么好意思又住院？你还是给我配点药带回去吧！”

“回去可以，不过，伤没好不许工作。”

傍晚，我回到工厂。那个炮兵还在车间门口转来转去，要他休息一下，他直摇头，连一口水也不肯喝。我很了解这小伙子的心情，如果今夜任务完不成，他连觉也睡不安稳的。其实我一样着急。一门炮到了我们战士手里，就能发挥强大的威力；丢在这里，不过是一大块废铁。我拿起锉刀又走到机器跟前去。

同志们拦住，把我扶到一边，拉过一条凳子叫我坐下。

“你在这儿看着我们做，要是不对，你说一声就行了。”

同志们连夜把炮装好，试一试，炮座很牢固，直到炮兵同志愉快地赶着骡子走远了，我们才吃晚饭。

图样画出来了，同志们又是日夜赶工。要造的机器很多，困难一个紧跟着一个。可是我们绝不被困难吓倒，我们的格言，是顽强战斗，用创造性的劳动克服困难。

我们要造的螺旋冲床，单是那个杠杆，就有半吨左右，我们没有起重机，全靠人力搬来搬去；这个杠杆应该是中间加粗，我们没有汽锤，只有打铁的铁锤；屋子也小得转不开身。我们在屋外的空场上，用砖砌好火炉，支起风箱，开辟了“露天车间”；又在地下挖了一尺多深的坑，埋上铁砧，四周搭起一人多高的木架，上面铺好板子，安装上木轮滑车。等杠杆中间烧红了，就用粗绳子把一头拴牢，拖到铁砧上竖起来，五个小伙子光着膀子，爬上木架，抡开铁锤，一边吆喝一边砸着。六月天，太阳像一把火，身上的汗水直流，杠杆还没冷却，人已经没有力气了。小伙子们累得放下铁锤，张大口喘气。我光着膀子，给同志们送水喝。天黑了，木架上吊起汽灯，同志们不顾劳累，继续干活。我也在一旁帮着拉风箱。这八个人的工地，热闹得像集市。铁锤叮叮当当，火花乱飞，炉子上的火苗，随着风箱低沉的吼声一闪一闪。终于把那碗口粗的铁杠挤鼓了。

接着又制造螺丝杠。在一根三英寸多粗二十多英寸长的铁

棍上刻六条螺丝扣，十六英寸长那么一段，要转一圈。按规矩该用铣床，可是我们没有铣床，只能用手工在铁棍上硬刻。刻完公螺丝，就用公螺丝杠翻砂制成坯模，灌进去铜水，铸成母螺丝。没有化铜用的坩埚，就利用废炮弹做的“钢锅”。不过，化过两次铜，钢锅就腐蚀得像蜂窝一样了。

“这材料能造多少漂亮的工具呀！”同志们心疼地说。

我们轻易得不到好钢，一切精致的工具：刀子、钻子、锉刀……都是用钢炮弹改制的。

身上的伤口逐渐长好了，就是受伤的左腿走起来有些吃力，眼睛瞎掉一只，视力受到很大损伤，但我的心却好像磨炼得更坚强了，因此工作起来，总是有劲的。

第二年夏天，制造子弹所需要的机器全部造成了，大大小小一共三十多台。我们把机器都刷上了油漆，写上了号码。又把村头的一座大庙打扫干净，修补好破漏地方，把新机器搬进了大殿。

每年要生产六十万发子弹，只靠八个人当然不行，上级从战斗部队里调来一百多个青年队员，到厂里当学徒。我们开始轮班带徒弟，师傅教了徒弟，徒弟再教徒弟，一边上课，一边实习。

工厂正式开工这天，同志们都换上干净衣服，铁钟一响，拥进了大殿。

我装上原料，推动沉重的冲床，在机器巨大的吼声里，第一颗子弹诞生了。我拾起那颗黄澄澄的弹壳，捏在手心里，舍不得丢开。接着，机器全部开动了。小伙子们呼喊着自己创造的号子，那雄壮的呼应，压倒了冲床的吼声。

吴师孟部长也特地骑马跑了九十里，赶来道喜。他跨进车间门口，在那里站了很久，看着整齐排列的机器，看着黄色的弹壳从冲床下面一个个滑出来，他愉快地笑了。走到机器跟前，跟每个人握了手，随后也卷起袖管，抓住那沉重的冲床杠杆，参加了生产。

刚到淮南的时候，我们两手空空，什么也没有。为了早日生产子弹，吴师孟部长曾经化装成商人，跑到敌人占领的上海，采买工具和材料。这个从井冈山来的老战士，直到后来病逝的前一分钟，还惦记着兵工厂的生产。他对革命事业无限忠诚的精神，永远刻印在我们的心里。

工厂每月都超额完成任务。虽然困难一个又一个来到：弹头变形，弹壳裂口，打瞎火，材料用尽，工具不够，但是都一一克服了。起初我们制的是上下一般粗的子弹，后来我们也能制尖头鼓肚的“流线型”子弹了。

第二年秋天，上级命令制造迫击炮弹，同时还不能妨碍子弹的生产。我们召开了动员会，重新组织了力量，抽出一批人来学习、实验。

我们从来没造过炮弹，为了完成这个任务，迫切需要获得知识，可是这类书籍根本找不到。我收集了敌人打过来的各种各样没有爆炸的炮弹，把它拆开，又把每个弹壳、弹尾和信管锯开，通过实地解剖来掌握炮弹的构造原理和制造知识。我对每个零件都提出了问题：为什么要这样构造？它起什么作用？反复对证，直到断定不会发生错误为止。我把敌人炮弹的优点综合起来，再根据自己工厂的条件，设计迫击炮弹的图样。

同志们根据图纸，制出第一颗炮弹，准备试炮。

这一天，在靶场的土丘上，架起了一门迫击炮，我站在炮旁，右手高举起炮弹，准备打这谁也不知道会发生什么结果的第一炮。为了防备万一炮弹在炮筒里爆炸伤人，我让同志们伏在远远的洼地里。

我用敏捷的动作，把炮弹投入迫击炮口，一翻身滚下土丘。谁知炮弹根本就不响，它带来了可怕的沉寂。我站起来一看，同志们已跑过去，一人双手堵住炮口，一人双手抬起炮的底部，把炮弹从炮筒里倒出来。小鬼在一旁扯起嗓门唱着：

“迫击炮，真糟糕！打不响，往外倒。”

第一炮失败了。检查结果，发现炮弹直径过大，底火药调制不好。我们的底火药是把洋硝、雄黄和锅烟子掺在一起配制的，成分没有配好，当然打不响。我们连夜重配了底火药，修正了弹带直径的尺寸。第二天早晨，又走上了靶场。

炮弹投入炮口，迫击炮大吼一声，把炮弹喷射出去。炮弹在半空里疾驰向前，大家欢呼起来。

可是，炮弹落在前面的荒草地上，静悄悄地钻在土里，像是跟我们捉迷藏一般，无声无息。长久难耐的沉寂告诉我们，它是存心不爆炸的了。第二炮又失败了。

现在，最重要的是弄清楚失败的原因。但是炮弹钻到哪里去了呢？不把它找回来，又怎么能听取它的意见呢？谁知道它到底闹的是什么情绪！大家跑到那宽广的荒草地上，寻找这颗顽固的炮弹。太阳下了山，同志们打起灯笼火把，拨开一丛丛的荒草搜寻，炮弹还是渺无踪影。

晚上，我一直思索炮弹不炸的原因，没得到结论。鸡叫头遍，我喊醒了同志们，跑到荒草地上，继续向炮弹飞行的方向寻找。结果发现它躲在一堆乱草里，入土一尺多深。我们用锄头把它掘出来。因为信管的安全装置在发射前已经去掉，说不定它一发脾气，又要爆炸。同志们就特别小心谨慎，冒着危险把它请了回来。对这个临阵脱逃的家伙，翻来覆去做了检查，才弄清楚：原来是信管里撞针的弹簧太软，减低了撞针冲击力。

针对着毛病动了“手术”，又做第三次试验。为了避免落地不炸，又不好寻找，这次准备了三颗炮弹。

试验开始了。炮弹在草地上空呼啸着向前飞奔，它一接触地面，立即闪出火光，发出巨大的轰响，泥土冲向半空。伏在四周的同志们一跃而起，高声欢呼：

“再来一个！”

我又放射出第二颗炮弹，随着爆炸声又是欢呼：

“再来一个！”

第三发炮弹响过以后，同志们争先向荒草地跑去，找到三个爆炸坑，忙着量坑的直径和深度，又查点了留在弹坑里没有飞出的破片的数目，量了破片的大小。一切材料都证明炮弹的杀伤威力合乎规格，试验成功了。

当天就给军工部首长们写信，报告了炮弹试验的经过。吴师孟部长回信鼓励我们继续努力，要我们试造三百发炮弹，还说军工部材料科的同志们突破敌人的封锁，从敌占区找到一部破旧的六尺车床。这有力的支援，更增强了我们的信心。我们一边试造炮弹，一边赶造工具，准备建立炮弹车间。

一个月后，三百发炮弹出厂了。

炮弹送到司令部的第四天下午，我正在车间里检修机器，军工部的一个小通讯员忽然一头撞进门来。他那副慌张的样子，弄得我有点不安。我忙接过信，拆开看，上面写着：

"……第一批三百发炮弹已发给部队。炮兵在演习射击时，将炮弹加足药包，只打三十公尺左右，落地还不爆炸。现在炮弹已全部退回，师长要你明天一早赶到司令部。"

信纸从手里落到地下。真惭愧，三十公尺远，还不如扔手榴弹呢！而且几乎要延误战士们执行战斗任务！我的心被这只能打三十公尺的三百发哑巴炮弹咬住了。同志们拾起信来一看，也都是面面相觑。

在失败面前，不能张皇失措，必须冷静地分析失败的原因。我下定决心，哪怕失败一百次，也要做第一百〇一次的尝试。

不胜利不罢手!

我立刻收集那些制造炮弹剩下的零件,回到宿舍里,在铺板上摊开图纸,仔细检查。零件都合乎规格,图样也找不出什么毛病。我又把每道工序负责加工的人和成品检查员都找来,详细询问,把制造过程中可能发生的一切意外都研究到了,还是没有结果。恨只恨炮弹出厂时,为什么不来一次实弹射击呢?

又是一个难耐的不眠之夜。我刚上床,又跳起来,点起油灯,想了一阵儿,再躺到床上,盯着屋顶,眼睛都发酸了,还是不能入睡,好像那些打不响的炮弹一直在眼前晃来晃去。最后我想到:只能打三十公尺远,也许是发射火药还没烧完,炮弹就出了炮口,不能充分发挥火药的效力。因为我们自己没有火药厂,完全靠缴获来的火药乱七八糟凑的,什么火药都有。想到这里,心里一亮,原因多半在这里。

我披上衣服,擎着一支蜡烛,静悄悄地推开门,跑到后配殿旁边的草屋里,轻轻叫醒装配工老王。

“老王,你记得炮弹装的是什么火药吗?”

“日本鬼子的山炮弹火药。”

“上回试验炮弹用的火药呢?”

“早用完了。”

这就是了!山炮弹的火药,用来做迫击炮弹的火药,当然不行。可是不用这火药,又上哪里去找迫击炮弹的火药呢?眼看这三百发炮弹,就因为没有火药而成了废物。

回到宿舍里，火药问题还是使我不能入睡，怎样把火药的燃烧速度加快，使它成为迫击炮弹的火药呢？从化学上来改造它，我们没有制药厂，根本做不到。想来想去，觉得把火药片压得更薄一些、更小一些，可能烧得更快一些。一骨碌爬起来，又跑去叫醒了老王，我俩一起跑到车间，点起灯来压火药。

天一亮，我带了两个技工，带了压碎了的火药和工具，赶到了司令部。

参谋长命令在靶场支上一门炮。靶场周围人山人海，大家都关心这一批炮弹的命运。

我拿起一颗炮弹，不卸掉信管上的保险，有意不让炮弹爆炸，以免发生危险。我用力把炮弹投入炮口，只听炮筒里轻轻响了一声，炮弹无力地飞出炮口，落在二十多公尺远的田里，炮弹尾翼上的绸布药包还在空中燃烧，原来真是火药燃烧太慢。

我们立刻拆掉十个炮弹的火药管，换上自己带来的火药。炮兵同志马上又架起一门炮，我给他们每人五发炮弹，要第一炮不加药包发射。两门炮同时一声怒吼，炮弹射到五百公尺远的山坡上，发出闷雷般的爆炸声。同志们都热烈地鼓掌欢呼。

第三和第四发炮弹，各加了三个药包，在炮口巨大的吼声里，炮弹飞过对面山头，落在两千公尺外的山地里，猛烈地爆炸了。那两个炮兵同志跑过来，跟我们握手，激动地说：

“谢谢你们！这回不愁没有口粮了！”

我们迅速建立了一个炮弹车间。不但能够修理坏炮弹，还可以制造新炮弹。又在附近的村子找到一座房子，把造子弹的人员和机器分出去，建立了一个分厂。

生活永远是紧张的战斗。一件工作完成了，新的任务接着来到了面前。当子弹和炮弹生产正在紧张的时候，上级要我们想办法制造地雷。

在游击战争中，地雷这种武器，轻便灵巧，便于使用，杀伤力很大。为了展开地雷战，上级要我们制造多样的地雷，拉火地雷、脚踏地雷，还有定时地雷。

说也好笑，当了几年兵，我还没见过地雷，不知这东西究竟是什么形状，脑子里只有一个概念：既叫地雷，可能是埋在地里的炸弹，也是利用爆炸的破片杀伤敌人。那么像定时地雷，究竟怎样不用人触动它，就叫它在一定的时间里起火爆炸呢？用什么装置来控制起火时间呢？想来想去，得不到答案。如果按照炮弹延期信管的原理，把引火线加长，计算好时间，燃着了埋进土里，显然是行不通的。因为地雷盖上泥土以后，里面断绝了空气，引火线就要熄灭。我们试着把一小段封闭的铁管，压进空气，再使空气慢慢地泄漏，来延长地雷的发火时间，还是失败了。

有一夜，我在屋里翻书，想找到一些线索。熬到半夜，眼睛也睁不开了，睡吧，又睡不着。竹林里的土獾子，也不知忙些什么，来回奔跑，弄得枯竹叶习习作响，惹人发烦。我熄了灯，走到院子里。

夜很黑，很安静。只见西屋里有一星星火亮，那是警卫同志点的香火，用它标记值班的时间。我忽然联想起人类历史上的许多计时方法。我们的祖先利用过竹竿的影子来计时，后来发展到铜壶滴漏。用滴水的方法可以定时，可是又怎样使地雷爆炸呢？这就不得不借用电力了。

我用马口铁做了一个圆形水壶，壶底装了个放水的小开关，壶里注满水，水面浮着一块圆形木板，在木板中心装一根小木杆，上面刻着每十分钟的刻度。木杆夹着一个可以移动的电极，壶盖中心挖一个孔，使木杆可以上下活动，铁盖上也固定安一个电极。放开壶底的水开关，壶里的水一滴一滴地滴下来，浮在水面上的木板和木杆逐渐下沉，两个电极一碰头，地雷就爆炸了。

问题还没有完，电力可以用手电筒用的那种干电池，但是电雷管又怎样解决呢？这起火的电雷管是要用钨丝做成的，根据地买不到钨丝，最后还是想到手电筒上。拧下一颗手电筒的小灯泡，用砂纸在灯泡的玻璃上轻轻地磨破一个小洞，填进火药，再用纸糊住，一过电，红热的钨丝就把火药点着了。

我们进一步做了实验。同志们搬出一颗迫击炮弹的空壳，里面装满了炸药，拧上了用电灯泡做的电雷管，把铁壶灌满水，电线全接通，然后把炮弹埋在大庙前的广场上。一切都跟我们安排的一样，在规定时刻，埋在土里的炮弹爆炸了，定时地雷成功了。

不过，经过多次的实验，暴露了滴水装置的弱点：爆炸时间往往不十分准确，有时靠前，有时靠后。这主要是因为水滴的大小难以调节。最后，大家动脑筋，想法采用了现代的计时方法，按照钟表的结构，用发条齿轮装置代替了滴水装置。虽然制造要复杂一些，定时地雷却达到了准时爆炸的要求。

脚踏地雷的设计，同样是用电起火的。它的优点是一踩就炸，更机动些。

拉火地雷，可以由人选择时机。最初设计时，只是根据步枪撞针的装置，来设计地雷的发火机构，里面有弹簧、钢珠和许多零件。为了检验设计是否正确，我带着草图走进了钳工车间，照图样制造。钳工老高在旁边看我锉一根撞针，随口问道：

“老吴，你在试验拉火地雷吗？是不是像手榴弹那样一拉弦就炸？”

我连忙放下锉刀，琢磨着老高的话。是啊！如果按照我自己那种复杂的设计，机件多，需要的材料也多，也要多费工时；如果按手榴弹发火的装置设计，既不影响质量，也可以大量生产了。我根据老高的启示，彻底修改了设计。

从此，我们炮弹厂同时生产各种地雷了。

铜是我们不可缺少的材料，炮弹和地雷的引信都需要用铜来制造。根据地没有铜矿，也没有炼铜厂。材料科的同志们终日为它发愁，唯一的来源只有四处收集破烂铜器，供应工厂的需要。

引信的加工，一向是沿袭着老法子，先将碎铜熔化，铸成铜棍，再用车床来加工。一百斤铜棍约有五十斤的铜被切削成了铜末，简直是浪费。

如果能制造一副钢模，把熔化了的铜水浇入模型里，倒出来，再一加工，就是成品。这样不仅节省了原料，也大大地缩短了引信生产的过程，赢得了时间，更腾出了车床来造炮弹。

我们在庄子后的河沟旁，建立了一座新的压铸车间，进行新生产方法的试验。可是没有坩埚，开不了工。化铜要有坩埚，早先在战场上打扫来的敌人的钢炮弹，全都当坩埚用完了。

我们学补锅匠的办法，买来造坩埚的黏土，造了一个小坩埚。同志们使劲地拉动着风箱，熔铜炉喷出了熊熊的烈火。我把新造的坩埚放在炉火中间，刚一转身，坩埚炸得粉碎。

第二个、第三个、第四个坩埚，结果都一样。

我们立刻开“炉前会”，研究原因，都认为新的坩埚没有先烤干，一放到炉火上，干燥太快，里面的水分化成蒸汽，就爆炸了。

我们又开始了试验。坩埚烧得通红，在烈火上支持了十分钟，同志们都会心地微笑了。我拿起铁钳把一块块碎铜添进坩埚里。风箱越拉越快，蓝色火焰从炉中升起，车间里飘浮着柳絮样的白色氧化铜末。金黄色的铜液，已经熔满了半坩埚，忽然又是一声爆炸，铜水向四方喷射，拉风箱同志的头被烫伤了，几小点铜水喷上了我的右手背。铜水流下了炉底，把炉桥也凝结了。我们停了火，修好熔炉，继续再干。一连几次，都失败了。

我们得到的黏土原料都是劣质的，没有造坩埚的石墨粉，只好用捣碎了的焦炭粉末来代替。这也是失败的原因。但是最主要的还是我们没有经验，没有各种知识。书本上也没有介绍土造坩埚的办法。后来有人提醒：补锅匠的坩埚是怎样造出来的呢？为什么不拜他做老师呢？对！就这么办。

清早，我拿了区长的介绍信，跑去把一位老补锅匠请到车间里来。老师傅细心地察看了我们做的坩埚，察看了造坩埚的原料，他拿起黏土仔细看看，摇了摇头。他带领我们管材料的同志，去买来另一种灰黑色的硬得像石块的黏土，他不用焦炭粉，在炭渣里找了一些没烧尽的炭块，把黏土和炭块捣碎，动手造了个坩埚。最后他烧了些木柴和树枝，慢慢地把坩埚烤干。

同志们留心地观察老师傅熔铜时的一举一动，看他怎样安置坩埚，看他怎样加料，看他怎样调节炉火。老师傅若无其事地操作着。我们把铁勺伸进了坩埚里，盛起了铜水，注进钢模，压铸成一个又一个引信体。试验成功了。我们学会了老师傅的手艺，保证了压铸车间按照新方法顺利生产。

敌人的扫荡更加频繁了，我们的地雷也日夜不停地大量制造出来。抗日根据地里到处布下了地雷阵，遍地是雷，叫敌人无处立脚。上级办了地雷干部训练班，要我去上课，同时照顾工厂生产。每天我骑着匹快马来回跑。

罗师长派人在上海买了一部《现代工厂实习法》，送给我作为奖励，要我好好学习。在书的第一页上，师长亲笔写着：

“只有把科学和无产阶级的利益结合起来，才是真正的科学家。”

我时时刻刻记着这亲切的教导，督促自己。人民要革命，就要想出各种各样的办法，和敌人斗争。虽然，在科学的领域里，我还几乎是个一无所知的小学生，但是，作为一个革命战士，为了战斗的需要，我将不畏挫折，老老实实地虚心学习，努力掌握科学知识，一步步摸索前进。

制造枪榴弹

工厂天天扩大，人员也天天增加。可是我心里却越来越觉得焦急。我感到：党不仅要培养我成为一个精通业务的技术工作者，而且要培养我成为一个具有革命理论的政治工作者。为了进一步提高，符合党的要求，我请求调我到司令部学习一个时期，再回厂工作。政治委员批准了我的要求，要我等候通知。

恰好秦永祥调到淮南来了。吴师孟部长通知我，上级决定调我去延安马列学院学习，委派秦永祥担任厂长。

1941 年苏北秋季大扫荡后，秦永祥被分配到三师军工部工作。敌人安下许多据点，反复“清剿”，兵工厂天天拖着机器打游击，无法生产，后来他们把机器、材料、熔铁炉拉上大帆船，就在船舱里安装上机器，建立了机械加工车间和铸造车间，组成了一支海上流动兵工厂。煮饭是海水，喝的也是海水，同志们的嘴都烧烂了。海上生活，严重地摧毁了秦永祥的健康，他时常吐血，晕倒在机器旁边。疾病把他赶上了海岸。我连夜办完交代。老秦说：

“延安，这是革命的圣地，毛主席居住的地方，能去那里学习，真是太幸福了！”

“只是一见面又要离开，有些舍不得。老秦！你要注意身体，不要拖垮了。”

“现在才应该加倍工作呢！要不然，鼻子往上一翘，想工作也不行了。”

我感觉得到他那颗战士的心的跳动。他还像过去一样，有着饱满的战斗精神。

第二天一早，我告别了同志们，老秦一直送出大门，我们又紧紧握手，互相嘱咐珍重。

大雪盖遍了田野和村落。我冒着北风，赶到司令部。周参谋长说：

“来得正好，赶快到供给部换便衣，准备出发吧。”

我拿上介绍信，跑出大门，恰好罗炳辉师长刚从连队里回来，正站在台阶上掸雪，看见我匆匆忙忙往外跑，一把拦住我问道：

“运铎同志，上哪儿去啊？”

“到供给部换便衣。”

“干什么？”罗师长奇怪地问。

“到延安学习。”

“啊！是这么回事。来谈谈吧。”罗师长拉着我走进了他的住室。

我一向非常敬爱罗师长。这位人民英雄出生在一个贫苦农民的家庭里，父母都是被地主老财害死的。1939 年秋末，他领着队伍到了敌后战场。第一仗，在来安城烧死了上千的日本鬼子，从此在淮南扎下大营。人民都称呼他“我们的罗司令”，也有说他是天神下凡的。看外表，他那魁伟的身体，也的确像金刚一样威武。他是一位英勇善战的指挥员，也是战士们和老乡们亲切的朋友。他常常叫我到他那里去玩，讲一讲当前的政治、军事形势，也谈一谈个人的工作和学习问题，临走照例送一点儿礼物，像从敌人那里缴获来的用具啦、装烟用的皮口袋啦等。有两次，他找了半天，没有东西可送，就跑到小菜园子里，把自己种的番茄摘下一个最大的送我。他种的番茄，总比我们收得多，长得大。

罗师长让我坐下，像往日一样，亲切地和我谈话。

“运铎同志，学习是很重要的，不过现在战斗很紧张，还有重要任务交给你。我想跟你商量一下，暂时不走好不好？”

“学习是为了更好地工作，既然工作需要我留下，就继续在工作中学习吧。”

罗师长满意地笑了。他一边在屋子里来回踱着，一边给我分析形势。罗师长再三地说：对待敌人，就应该狠，狠到连它的骨头都给敲碎，叫它永远爬不起来。我们现在就需要有各种各样能敲碎敌人骨头的武器。

“你看能不能想出办法来？”他微笑着问。

罗师长的话给了我很大启示，我提出保证：

“我的一切都是属于党的。党要我做什么，我就做什么。”

罗师长送我到门外，还嘱咐我：

“要有信心，要顽强。回去跟大家商量商量吧！”

我接受了研究新武器的任务回到工厂。当时最大的困难就是没有材料，没有机器。光凭主观去想，就是想得再好一些，把图样画好了，也是没用。有了材料，没有工具也不行。所以第一件事是找材料、研究工具，然后根据这些进行设计。

年老的老乡们说，以前国民党打着“治淮”的幌子，说是要在洪泽湖附近造水闸，运来一批铁棍，后来国民党官僚捞满腰包就跑了，水闸没造成，铁棍也没影子了。听到这个消息，军工部材料科全体动员，整天沿着湖岸寻找，扒雪堆、挖土丘，坑坑洼洼都找遍了，最后在湖边一堆腐烂的苇子里，把那批铁棍掘了出来。铁棍有好几百根，每根三寸多粗。大家就像发现了金矿，高兴得很，马上套上大骡子，全驮回来了。

究竟拿这些材料造个什么东西呢？凭空研究一种武器，是不容易的。我把能找到的书都搬了出来，翻来翻去，在一本旧杂志上翻到一篇介绍枪榴弹的文章。说也可怜，那篇文章总共不过二三百字，而且多半是空话，无非讲枪榴弹如何如何厉害之类。唯一的收获，是从这里知道了所谓枪榴弹，就是利用步枪发射一个小型炮弹。至于它的构造，只说是用钢片制成的小炮弹。

我收集了敌人的掷弹、筒弹和各种迫击炮弹，终日伏在桌子上研究。最后决定把粗铁棍锯断掏空，制成枪榴筒，像装刺刀那样套在步枪口部；再用铸铁造成形状像迫击炮弹一样的炮弹，装在筒里，利用没有弹头的步枪子弹的火药气体，把筒里的枪榴弹发射出去。

我拿着草图找老秦一块商量，对每一部分都做了详细的研究。车间的工人们也纷纷围拢来，探听新武器的消息。钳工老高拿起枪榴筒底座的草图，仔细端详着。他提议把底座柄和底分开，成为两个零件，这样能节省材料，加工方便，可以大量生产。

同志们积极的支持，给设计打下良好的基础。大家要我尽快把制造图纸交给他们。

忽然木型车间的小丁，挤到我面前说：

“你这玩意儿行吗？一颗小子弹，要把那么大炸弹轰出去，准是落在自己面前，没打到敌人，反而炸坏了自己！”

这个年轻小伙子平时说干就干，搞到劲头上，拦都拦不住，怎么忽然畏首畏尾起来了？我正在寻思，小丁拍着我的肩膀说：

“咱俩打个赌吧！要是成功了，我输给你一只老母鸡。”

在抗日根据地里，大家的生活非常艰苦，平日吃肉都难得，没有很大喜事更吃不了鸡。我心里明白，小丁要打赌，是激我快点把枪榴弹制造成功。他使的是“激将法”。我回答说：

“好！你先买好母鸡等着吧。”

根据草图和大家的意见，我做了最后的设计。第一个难题是计算枪榴筒内火药的压力。这需要有高等数学知识。我只学过分数和体积，别的全不懂，只好现做实验，先做个筒子，量好直径，打一枪，再量一量，看它胀了多少，不行，再改一改。射程距离的调节也是一个难题。怎样叫它远它就远、叫它近它就近呢？我想用调节枪膛压力大小的办法来调节枪榴弹的射程：膛内压力加大，枪榴弹就可以射远；减低压力，枪榴弹就可以射得近。可是要采用一种什么样的机械装置才行呢？我跑到车间去和大家商量，根据大家的意见，按照调节车床速度的道理来设计。

天气渐渐暖和了，柳树枝头已经绽出了鹅黄色的嫩芽。设计工作进入最紧张的阶段。我日夜忙着绘图，忙着去机器旁做实验。当感到过度疲倦的时候，就跨上小红马在田野上奔驰，让脑子被风吹得清爽些。整个的心都被图样钉住了，吃饭、睡眠，似乎都成了多余的负担。晌午，勤务员小顺子轻轻地推开门，把饭菜放在桌上，倒了一碗开水。到天黑，小顺子送来晚饭，桌上的饭菜还一点儿没动，筷子整整齐齐地摆在一旁。小顺子噘起了小嘴，用手掩着图纸，抱怨起来：

“厂长，你怎么老不吃饭啊？只顾你完成任务，我的任务就完不成啦！”

“对不起，小顺子，现在‘做总结’吧！”

他一直站在旁边看我吃完，才收拾起碗筷，笑眯眯地走了。

装配车间的女同志和那些家属大嫂们，一下班就去找小顺子问我换衣服没有，要不就跑进屋来翻床底，寻找要洗的衣物。她们还送些零食给我晚上吃。

一种对事业的共同责任感，一种阶级的友谊，把大家的心都联结在一起了。大家的心都在为一个目的跳动，共同分担苦恼，共同分享快乐。

图纸交到各个车间，同志们抢着干。半个月后，第一批枪榴弹和第一支枪榴筒造成了。谁都想尽力把自己的创作做得更漂亮一些，还在枪榴筒上镀了一层蓝黑色的电光。

春天说来就来了。工厂后边的荒地上铺上一层新绿。警卫连的战士们在荒地四周布置了岗哨，不让行人走进射击地区，我们的枪榴弹第一次举行实弹射击。

小顺子扛着枪榴筒，跟着我走到靶场上。谁也猜想不到这第一枪是什么结果，也许打不响，也许枪榴弹在枪榴筒里就炸。为了避免意外事故，我在一个干水塘岸上，选中了一棵大柳树，用绳子把步枪捆在树干上，枪口卡上了枪榴筒，筒口正对着荒地；再把枪榴弹装进枪榴筒里，拉开枪栓，推进了无头子弹，扳机上系一根小绳子。等同志们隐蔽好了以后，我趴在干水塘里，一拉小绳子，轰隆一声，枪榴弹射了出去，火光一闪，在爆炸声中，尘土卷着黑烟向上冲起，破片呼啸着四散，惊得野兔子在荒地上直打转。

听见第一个枪榴弹的爆炸声，正像母亲听见自己的胎儿坠地后的哭声一样，那种喜悦，那种激动，是无法形容的。可是我也看见，枪榴弹在空中飞行时，摇摇摆摆的极不稳定，这就要降低命中率。同时测量了射程，只打到二百二十公尺。这样的射程不值得满足，不应该是最后的结论。对我们来说，任何成果都永远不是最后的。

我重新设计一个枪榴弹图样。把弹体的弧线加大，减少空气阻力，把枪榴弹重心再往尾部移。经过试验，枪榴弹能够一直向前飞行，不摆动了。可是射程总超不过二百三四十公尺。

枪榴筒和枪榴弹的各部分，都做过仔细的检查，没有毛病，剩下来的就是发射用的无头子弹，一定又和以前试验迫击炮弹一样，问题出在无烟火药上。

我把意见告诉了老秦，他也同意这个看法。我俩找到装配车间的老马，一块儿把火药研成碎末，又混合了另一种火药，使它燃烧加快，接连装好了几个子弹，再去打靶。

我装好枪榴弹，推上子弹，蹲在地上，朝荒地打了一枪，只听见一声响，枪榴弹没影了。它跑到哪儿去了呢？同志们都

昂起头向远处张望，忽然荒地那边传来低沉的爆炸声。大家低着头向前奔去。

打开皮尺一量，射程五百四十公尺，增加了一倍多。

同志们一路兴高采烈地谈笑着，还哼起了小调。

这些日子里，我一直忙着搞枪榴弹，司令部几次来信了解情况。现在可以作一个详细的汇报了。第二天，我带了两个同志，扛着枪榴筒，挑着枪榴弹到司令部去。

参谋长看过枪榴筒，招呼我们坐下，拿起电话筒，命令立刻布置靶场。师长、政治委员、参谋长都去了。一连打了十几发枪榴弹，个个都炸得很漂亮。

试验完了，罗师长拉着我的手，一起走进参谋长的办公室。参谋长问道：

"你们一个月能生产多少？"

怎么回答呢？我们只有一部车床，每个月要制造三百发迫击炮弹，其他机器只能造子弹，没有别的生产工具。参谋长看见我有些迟疑，就问：

"有什么困难吗？"

罗师长也关注地等着回答。我觉得叫苦不好，战士的荣誉感也鼓舞着我们不能在困难面前低头。我回答首长：

"困难不少。我们一定想办法克服。"

参谋长又拿起枪榴筒，提出许多重要的改进意见。我们根据指示，又使生产时间缩短了许多，射程提高到七百多公尺。

由于精兵简政，军工部缩小编制，改为军工科。在这以前，吴师孟部长因为积劳成疾，不幸去世了。司令部派我担任科长。

当时，淮南根据地已经有了四个兵工厂，都由军工科领导。责任是更加重大了。除了技术工作，还要处理很多行政事务、财务支出、材料采购等问题。但是最挂心的还是枪榴弹。我住到工厂里去，一边布置各厂的生产，一边计划枪榴弹和枪榴筒的生产。我们设计了制造枪榴筒的机器，造了几台制造枪榴弹的小车床。在大殿上又建立了一个新的车间。

我们制造的枪榴筒和枪榴弹，很快出现在前方。

枪榴弹第一次立功，是在边境的桂子山上。在这次战斗中，我们的战士用枪榴弹打死了八十多个日本鬼子。指挥战斗的成钧旅长，特地把一支从鬼子军官身上缴获的手枪送给我，作为制造枪榴弹的奖励。

秋天，是收获的季节，也是战斗的季节。稻子熟了，遍地是金黄色的谷穗。搞群众工作的同志们动员老乡们快收、快打、快藏。民兵们武装起来，布置了一道道的瞭望哨。工厂的工人也组织了收割队，轮流帮助老乡抢秋。

一大队鬼子和汉奸伪军，到我们的来安县来抢粮。这地方周围是山，鬼子到了半山腰，坐在山洼里休息，命令伪军打头阵。那些伪军刚翻过山梁，我们的枪榴弹就像雨点一般飞过去。

战士和民兵们的射击技术还不够熟练，枪榴弹全飞远了，没有打着伪军，可是，正好落在山梁后边鬼子休息的地方，一下子打死十几个。鬼子拖着死尸，拔腿就跑。伪军们见势头不好，也跟在后面跑了。

拆定时炸弹

我们的材料始终很缺乏。炮弹的发射火药和炸药，多半是从没爆炸的敌人的炮弹和炸弹中挖出来的。钢是主要材料之一，多半靠民兵们破路，去拆钢轨、道钉、夹板，工厂拿手榴弹和地雷做交换。车间里的铁锤、钢凿、锉刀，车床上的旋刀，造子弹的钢模子，都是用钢轨做的。许多同志化了装，冒着生命危险，挑了担子到敌人占领的城市里，替人修补锅碗，收集破铜，凑齐一担子就送回根据地来。有的材料不容易搞到，就不得不花巨大的代价。像翻砂用的红砂土，需要数量很多，敌人控制得很紧，只好派战斗部队强攻敌人的据点，夺取些过来。还有些同志化装成难民、商人、小贩，跑到上海、南京去，收买破机器，拆卸开来，分别坐着小船、推着独轮车、挑着担子，弄回根据地来。往往要好几部破机器，才凑成一部能用的。也有不少同志被敌人查出，有的被杀害了，有的被关进了监牢。我们的兵工厂，就是在许许多多同志舍生忘我的劳动中发展壮大起来的。

材料越来越少了，同志们就寻找代用品。做炮弹引信用的铜，一向最缺乏。用钢来造倒可以，就是没条件大量生产；收集来的破锡壶、锡蜡烛台，是一种柔软金属，不能做引信。我们打算用铅来代替铜。没有炸药，就用自造的黑色火药。这种火药做鞭炮倒挺好，但不知道能不能引起炮弹剧烈爆炸。我们决定试试看。

同志们把炮弹里填满了黑色火药，装上铅引信，在荒地上架好了迫击炮。炮弹打炮筒里轰出去，落在远处的洼地里，只听见轻微地响了一声，这炮弹突然又从地里射到空中，尾巴向前，迎着我们飞来。

十多个参加试验的人，丢下迫击炮，拔腿就跑，炮弹紧紧在后面追赶。

炮弹掉在炮座旁边的草地上。同志们都惊呆了，奇怪，射出去的炮弹怎么会回来呢？

等了一阵儿，炮弹没爆炸，也没有再蹦起来的意思。我们跑到炮弹跟前，只见那炮弹躺在地上，还是完整的，摸一摸，挺烫手。只是信管已经被火药气体冲掉，炮弹头上露出安装信管的一个大圆口，炮弹里的黑色火药全部燃烧完了。

炮弹究竟怎样回来的呢？原来当炮弹从高空下坠，钻进潮湿的土地以后，土地就成了一支火箭弹筒，信管发火后，引起炮弹里黑色火药的燃烧，立刻把这软金属做的信管打掉了，露出一个圆洞，这样就形成了火箭弹的喷口。炮弹里的黑火药压得太紧，不能迅速烧完，它就只得继续燃烧，火药气体的激流冲出喷口，打击空气，把迫击炮弹变成了火箭弹，利用反冲力推动炮弹仍照老路回来。

这次试验失败了。铅不能用，我们就用铸铁来制信管，没有发射药，就派人到敌占区去收买废电影片，当无烟火药原料。

炸药成了珍宝。敌人进攻时，工厂的同志宁愿撇下自己的背包，也要抬着火药转移。在一次反“扫荡”战斗中，一部分工人陷入包围。一个火药箱被敌人枪弹打中，火药爆炸了，烧伤了两个同志。大家抬着负伤的同志和其余的火药箱，终于突围出来。

敌人的封锁越来越紧，战斗任务越来越多，弹药的需求就更加迫切了。没有材料，炮弹造不成，同志们急得像热锅上的蚂蚁。在这些紧张的日子里，我专心试验材料，却一直没有很好的效果。

但是，有一次，我们意外地获得了大批材料。

自从太平洋战争爆发以后，美国用上了我国西南部一些基地，有时派飞机到日本占领区轰炸。在一个秋天的深夜里，月亮没出来，只有星星在黑暗的空中闪烁着。天空响起了轰炸机马达沉重的声音，震得茅屋直抖。我披上衣服，走到院子里，只见美国“空中堡垒”的巨大黑影闪着红绿信号灯，向南边飞去。不一会儿，觉得脚下有一阵轻微的震动。

东方刚露出鱼肚白，司令部得到报告，在仪扬区（仪征和扬州两县交界地区）发现了八颗炸弹，都没有炸。参谋长马上打电话给军工科，叫我赶快去想法挖炸药。

我得到命令，心里很高兴，正缺材料，材料就送上门来了。洗了手，找了三个同志，带了拆炸弹的工具，跨上四匹快马，飞箭样地向仪扬边境奔去。

我们刚到当地驻军司令部，电话铃就响了。

我接过听筒，那边传来参谋长亲切的声音：

“你是吴运铎同志吗？我刚才忘了嘱咐你：你现在只剩下一只手，千万要当心！如果有困难，你们就回来，不要冒险！”

我心里一热，身上长了勇气。我说：

“请首长放心，我一定完成任务！”

有人说，搞兵工是和死亡为邻，弄信管更是老虎嘴上拔毛，早晚会给吃掉。但事实并非如此。兵工是一门科学，只要摸清楚它的规律，控制住它，就能把发生危险的可能减小到最低限度。尽管我们的科学知识可怜得很，时常感到不够应付，可是由于战斗的要求，我们总是勇敢地迎上去，边学边做，精通它、征服它。

在战斗岗位上，战士的脑子里，想到的只有胜利，没有死亡。

到了落炸弹的地点，区政府已经动员了好几百人在挖炸弹，只见满山坡的农民们，正忙着挖土挑土，驻军司令部派了一个连的战士，在四周警卫。炸弹钻到土里两丈来深，一直挖到吃过晌午饭，才看见炸弹。

这样大的炸弹，我是第一次看见，竖起来比我还高。大概是日本鬼子的战斗机追得紧，美国“空中堡垒”为了快跑，半路甩下来的。

炸弹的半个面露出来了，不能继续往下挖了。炸弹上装有引火的信管，这东西是危险的祸根，炸弹挂在飞机上是有安全装置的，可是，炸弹一旦脱离了飞机，就断掉了安全装置，变成了武装状态。而且炸弹从高空落下来，信管里面的机件已经受到剧烈的震动，机件的组织变了形，再受到一点碰撞或是摩擦，就会爆炸。这八颗炸弹都紧靠着，要是有一个爆炸，其余的受到爆炸波的感应，也会一起爆炸。如果这八颗炸弹都爆炸了，这一带的村庄就会全部毁灭，人民的生命财产将遭到无法估量的损失。

现在，第一着就是先拔掉信管，否则不可能取出炸药。拔信管是拆炸弹最危险的一个动作，偶一失手，就要发生不幸。为了避免无谓牺牲，我们动员农民们到两里地外的土坡后面去。

现场上就剩下我们同来的四个人了。这美国炸弹，从来没拔过，说不定会碰到危险，多留下一个人，就可能多受一些牺牲。我对同志们说：

“你们也走吧！”

“不！不能让你一个人冒险。”

说着他们拿起工具就向弹坑走。我忙着堵住他们说：

“同志们，这完全没必要，让我先去了解一下构造，你们再去。”

他们三人想了想，才离开了。

我顺着新挖开的斜坡走下弹坑，拨开炸弹头部和尾部的浮土，看到炸弹头尾都有一个引信，奇怪的是这引信头上，没有螺旋桨的装置，不像是碰炸的瞬发信管。心中没底，不敢动手。我蹲在炸弹旁边，又仔细查看了一遍，发现信管的外壳被剧烈的震动震裂了一条缝，我拿螺丝刀插进裂缝，撬开一看，里面的构造十分复杂，像钟表一样，有发条，有大大小小的齿轮，还有许多钢珠，原来是定时炸弹。

定时炸弹是怎么一个东西，我是清楚的，说不定两三天以后才炸，也说不定立刻就炸。这样的美国炸弹我是第一次遇到，摸不清它的底细。我一只腿跪在地上，双手轻轻地旋动信管，往外一拔，信管一动不动，里面似乎联结着什么东西。忽然，我的心怦怦乱跳，眼看着这巨大的炸弹，好像立刻就要爆炸，我立刻就要粉身碎骨了。两条腿不知不觉地，从弹坑里往外走。

刚到洞口，一阵凉风吹来，我头脑清醒了，对自己这种举动奇怪起来：炸弹在坑里，你跑上来干什么？——怕死吗？

如果我不拆，就得别的同志来拆，不是同样也会碰到危险吗？临阵脱逃，不仅是怯懦，而且卑鄙。死又有什么可怕？任何工作都要付出一定的代价，它不过是一种重大的代价罢了。许多同志因为战斗需要，英勇地献出了宝贵的生命，在这严重考验的时刻，我怎能迟疑不前？活着就要完成任务，死了就算革命到底！在这一刹那，一切恐惧、一切慌乱都消失了，我又恢复了镇静，充满了信心。

我拿着工具，回到炸弹坑里。右手紧紧握住了巨大的信管，心想：要炸你就炸吧！牙一咬，眼一闭，一使劲儿，从炸弹上拔出了比迫击炮弹还大的一个信管，却没有爆炸。原来刚才拔它不动，是因为一时慌张，不敢使劲儿。我把它放在一边，又把弹尾上的信管也卸下来，一手抱一个，爬出了弹坑，跑到山脚下，把它们放在凹地里。这一下，大炸弹的爪牙全敲掉了，它就神气不起来了。

我迅速地跑回弹坑，一个连着一个，花了四个多钟头，把那七颗炸弹上的信管全部拆掉了。我跑上土堆，两手拢成了喇叭筒，高兴地喊道：

“快来啊！快来拖炸弹呀！”

大家跑来了，忙着用粗绳子捆住大炸弹，几十个人拉一颗，把八颗炸弹都拖到平地上来。我先从弹口轻轻取出一小块裂开的炸药，放在石头上，用锤子猛击几下，没有爆炸，接着四个人一齐动手，取出了八个大弹壳里的炸药，有七百多斤。

天色黄昏，当地区政府和驻军战士借来了麻袋装炸药，借来了毛驴驮运，动员了民工抬弹壳，大队人马，浩浩荡荡，回到了兵工厂。

炸药的补给暂时算是解决了。我们使用时也特别节省，一点点也舍不得浪费。材料是我们一滴血一滴汗弄来的，怎么能不加倍珍惜呢？

我们的平射炮

1943年夏天，在江南坚持战斗的六师兵工厂一部分同志，突破敌人的重重封锁，来到了淮南。

军工科又扩大成为军工部。我担任工务科长。

淮南根据地处在鬼子、汉奸军队和国民党顽军的夹击之下。这批国民党军队抗日消极，反共积极，他们张牙舞爪地又来进攻我们津浦路西的地区了，他们跟日本鬼子一样，沿路拆房毁屋来修筑碉堡，前锋一个团进到占鸡岗。

司令部发出紧急命令，要兵工厂立刻开始制造攻坚的平射炮，准备削平津浦路西林立的碉堡群，保卫抗日民主根据地。

军工部当天召集了会议。决定抽调人员建立大炮制造厂，原先的迫击炮弹厂改造平射炮弹。责成我主持整个设计和制造工作。

我们有的关于兵器知识的书籍少得很，我一面贪婪地钻研书本上的知识，一面找同志们商量，结合自己造炮弹的经验，开始了设计。

大炮的主要材料是钢，我们能找到的钢料只有钢轨，无法碾成粗大的炮筒。我想历史上不是也有过生铁大炮吗？今天我们不妨也用铁炮代替钢炮，反正不准备一辈子用它，先把敌人的碉堡削平再说。

造枪榴筒剩下的许多铁棍，还存在材料科，估计能造几十门炮。只是这铁棍不够粗，口径不能太大。这也不要紧，只要炮多，这个缺点是可以补救的。

要使炮弹能够打出去，炮筒内壁必须刻出一种凸凹的斜线，就是平常说的来复线。刻来复线的机器是一种非常精密的机器，我们没有这个东西。这个加工问题不解决，有了图样，炮也没法子造出来。

以前我们在皖南兵工厂造步枪，枪筒里的来复线是用手工方法拉出来的，可是炮筒比枪筒粗好几倍，“拉”是不行了。记得有一次，罗克绳偶然谈到造来复线还可以“挤”，倒可以试一试。

这炮筒的来复线二十多英寸长才转一周，怎么挤呢？我想：如果做一个橄榄形的钢柱，在钢柱圆周刻上凸凹斜线，把这钢柱硬楔入炮筒，也许就能挤出和钢柱上螺旋形一样的来复线。

究竟行不行，只有通过实验才能证明。我马上绘了一张简单的钢模图样，交到车间去。

同志们立刻动工，根据图纸制造了炮筒、钢模和钢垫片。钳工在钢模上忙着刻凸凹的精细线条。晚饭时间早过去了，可是没有人去吃饭。炊事员焦急地跑到车间门口，拼命吹哨子，谁也不理他。八匹马力的柴油发动机，拖着车间里的全部机床飞快地旋转。同志们满头大汗，越干越起劲。那时候是战争环境，一粒子弹，一颗炮弹，都是和敌人作生死斗争的力量，因此突击成了我们经常用的工作方法；再加上制造大炮又是头一回，小伙子们拗劲一上来，滚油也泼不开，直到把活干完，才肯放手。

夜来了，大院里点起了明亮的汽灯，院子中间放好铁砧，同志们把炮筒竖在铁砧上，把钢模插进炮筒口，四周注上润滑油，同志们抡起大锤，把钢模打进炮筒，接着把钢垫垫在钢模上面，继续往下打。所有的钢垫全打进去，那钢模被压挤着通过炮筒，从另一端钻出来了。把筒子里油污洗净，抬起炮筒来对着灯光一照，里面的来复线又光又滑，跟我们要求的一样。

半个月来，连日带夜地赶着设计图样，左眼又红肿起来了，我点上眼药，扎起手帕，继续工作。

造炮弹没有钢料，就和枪榴弹一样，用铸铁来做。最后还缺少容纳发射火药的炮弹铜壳，别说我们没有铜，就是有，也没有制造铜壳的机器。我又回想了一遍大炮的发展史，开始人们不也是用没有弹壳的炮弹吗？那现在为什么不可以不用铜壳呢？我们可以用绸子缝成火药包，来代替铜壳。再用黄杨木做成炮轮，周围包上铁箍，把小铁轨锯断，用螺丝钉连接起来做成炮架。这样，大炮的设计算是初步完成了。

图纸完成送出以后，我感到一阵阵头晕，两眼疼痛难忍，浑身绵软无力，就倒在工作台上了。

医生给我吃了药，又上了眼药。同志们扶着我躺下。

第二天，我还是跑到炮厂帮助造炮。

没几天，实验炮造好了。在厂外荒坡上，筑起一座高大的土墙，离土墙三百多公尺远的地方，筑了一道壕沟，架起我们自己造的第一门大炮。第一发炮弹没装炸药和发射药包，把四尺多厚的土墙穿了一个对通的大洞。第二发用真炮弹打出去，土墙被揭去了一半。又打了几发，土墙站立不住，全倒坍了。

参谋长特地从几十里路以外赶来参加试炮，提出许多改进的意见。这天晚上，又开会总结造炮的经验。根据大家的意见和参谋长的指示，改正了草图，制出了正式的大炮图样。炮弹厂的同志们也改进了生产方法，制造了铁模型代替翻砂，来嵌装弹带，又用铁模子铸造引信的毛坯，减少了材料的耗费，提高了产品的数量。

到秋天，我们造成了三十六门平射炮和大批炮弹。

战士们团团围住占鸡岗，所有的大炮对准顽军的大碉堡。

顽军团长蒙佩琼在碉堡里狂妄地叫唤：

“新四军！你们没炮打什么仗！赶快回去吧！瞧我的钢炮……”

蒙佩琼的喊话声没停，轰的一声，第一颗炮弹钻进了碉堡。他又喊道：

“共产党只有三颗炮弹，再打两颗就完事了！”

我们三十六门大炮一齐怒吼了。疾风暴雨般的炮弹从四面钻进了碉堡，尘土迷漫半天，眼看那高大的碉堡坍塌了。顽军另一个营慌忙赶来增援，战士们冲上去，展开了肉搏，顽军只得举枪投降。

我们的战士在顽军死尸堆里找了半天，没找到那个蒙佩琼，有个俘虏兵做了一个手势，嘴巴向地下一噘。战士们赶快拖开尸首，刨开乱砖碎石，下边是一块大石板，掀开一看，这个反共的少将团长仰脸朝天，躺在碉堡底下的水沟里。战士们拿枪一指，吓得他浑身发抖，结结巴巴地说：“别打别打，我出来！”

占鸡岗战斗结束不久，日本鬼子发动了“扫荡”。初冬的雨点夹着碎雪粒落个不停，兵工厂开始了紧张的备战，同志们抬着笨重的机器和材料，踏着烂泥，隐藏好机器，在工厂的四周埋满了地雷。我正忙着在屋里清理文件，忽然走进来一个老百姓的新媳妇，头后挽起一个髻，花衣花裤花鞋，仔细一看，原来是炮弹厂火药装配工人陆平。

她也是六师来的，平常有空，常找我谈天。有病时，她也照顾过我。现在开始反“扫荡”，为了随时掌握敌人的情况，司令部派她到敌占区建立秘密联络站，传递情报。这几年来，在六师，在二师，陆平常常担任这个工作。

“怎么啦？你又要回娘家？”

“你看像不像？”她没理我的问话，只咧着嘴笑，“我特地来看看你，一打仗，就见不着了，这一阵子你身体太坏，可要当心，别搞垮了。知道吗？”

看着她那一本正经的“老大姐”派头，我忍不住大笑起来。

以后，我们就很少有见面的机会了。反“扫荡”结束，她随着炮弹厂迁到盱眙的一个山洼里，彼此相距七十里。但是她那短小结实的身影，却深深地留在我的心里。

听说她老家在扬中的一个小村里，父亲是贫农，全部家当就是两间茅草棚子，在1942年秋天鬼子“扫荡”时，也被一把火烧光了。一家人落得无家可归。她被迫寄住在姨母家里，最后下了决心，包了两件衣服，瞒着年老的父母，参加了丹北人民抗日游击队。

她小时候读过五年书，入伍后，被分配到文工团工作，不久参加了党。文工团转到江南以后，她被调到六师军工部火药厂当工人。后来来到二师。在我心目中，她是一个好同志，一个勤劳的女工，一个真诚的朋友。以前和她在一起，也不觉得怎样，现在一离开，像是生活里缺少了什么东西。这究竟有什么原因呢？连我自己也解释不清。也许这就是爱情吧？

我把自己的感觉告诉了军工部长。他笑着说：

“原来是这样。我来做媒吧！”

我慌起来了。

“这太莽撞吧？如果她没有这种感觉，就太不好意思了！”

“你的顾虑真多！”部长笑了。

在我炸瞎左眼、炸坏左手以后，同志们都非常关心我的个人生活，希望我结婚。可是我想，如果仅仅是为自己生活起居有人照顾，找一个爱人，那太自私了。一个战士对待工作和对待生活的态度应当一致。没有理由让别人背包袱。

这时候到了抗战胜利的前夜。在欧洲战场上，苏联已经向德国法西斯展开了全面进攻。在国内，解放区军民打退了国民党第三次反共高潮，正在积极准备对日本侵略者实行反攻。我们的炮厂也在继续扩大，只是大炮还不能满足战斗需要，必须继续改进，增强它的威力。

我们做了分工。我负责加大炮的口径，秦永祥负责改进炮弹，用钢制造，信管也要改为自动化的。当时，全部力量都集中在争取最后胜利这个目标上。

不幸的事情发生了。一天，老秦坐在工作台前，把一个日本信管拆开研究，引起了剧烈的爆炸，一块无情的爆片，割断了他的咽喉。等同志们赶到，他已经停止呼吸了。

老秦的牺牲使我非常难过，也更督促我要把未完成的工作做好。我骑着马跑到前方，实地查看大炮的杀伤力，又跟战士们开座谈会，了解他们对大炮的要求。我在部队住了几天，帮他们组织了一个随军行动的流动修械厂。临动身时，部队派了一个骑兵班护送我到炮弹厂。

刚走进工厂的院子，一群女工就把我包围了。

“哎呀，老吴同志，你怎么现在才来呀？”

我正在猜测她们话里的意思。女工同志们忽然哈哈大笑起来，弄得我更加莫名其妙了。

新任厂长出来了，把我拉到屋里，谈了一阵提高炮弹威力的问题。后来我问：

“你们这里出了什么事？”

“她昨天已经出院了。”厂长没头没脑地说，接着才解释道，“陆平受伤了，起火管把她的胸部、腹部炸伤了。你去看看她吧！”

我忙着跑出屋子，刚一出门，就碰见她。

“我来看你哪！瞧见你们谈问题，不敢打搅，就在外边等你。”

我俩走出了厂门，走进了山脚下的林荫道。

“你受了伤，怎么不给我写信呢？”我抱怨地说。

“怕你着急呀！听说你上前方去了。”

她停下脚步，看着我，好像有句要紧的话梗在喉咙里说不出来。

“老吴，你跟部长说什么了？”她终于憋不住了。

“什么也没说啊！”我一时想不起来。

“别打埋伏了。人家都知道了，要我请客！部长来检查工作，找我谈过。你到底是怎么想的？”

我这才记起那次的谈话，就说：

“我是个残废，你不觉得有什么遗憾吗？”

“怎么能这么说呢？你是为革命事业受的牺牲，我应该向你学习。”

第二天，我们就一起给师政治部写了份报告，申请结婚。

回到军工部，我又忙着设计工作，一边画图样，一边到工厂实验，把大炮口径从36厘米扩大到42厘米。

入夏以来，淮南解放区就闹旱灾，长久不落一滴雨，烈日当空，田地裂出龟纹，禾苗都干枯得能引火了，眼望秋收将要落空。因此，军工部把各厂的生产力作了新的调整，组织了救灾队，拖着抽水机去为农民弟兄灌水。一部分同志被派到新解放的高邮，修理面粉厂机器。各工厂向军工部附近集中。炮弹厂也从盱眙搬回来，我担任了军工部副部长兼工务科长，负责领导生产。紧急的任务使我们顾不得考虑个人生活问题了，结婚的事只好延期。

中国人民殷切盼望的伟大日子来到了！1945年8月8日，苏联向日本帝国主义宣战。第二天，毛主席向解放区军民发出了响亮的号召：

……最后地战胜日本侵略者及其一切走狗的时间已经到来

了。……八路军、新四军及其他人民军队，应在一切可能条件下，对于一切不愿投降的侵略者及其走狗实行广泛的进攻，歼灭这些敌人的力量，夺取其武器和资材，猛烈地扩大解放区，缩小沦陷区。

1945年8月10日，日本政府要求投降，就在这一天，朱总司令命令各战区的人民解放军迅速前进，收缴敌伪武装。

淮南解放区军民以英勇的战斗回答了党的号召。战士们向敌伪盘踞的城镇进军，我们工厂日日夜夜赶造炮弹。工厂的院子里，搭起了两丈多高的支架，上面架上滑车，拴上一个一百多斤重的生铁疙瘩，算是“大汽锤”，再把烧红的一节节钢轨放进炮弹钢模内。“大汽锤”从两丈高的上方一起一落锤打，就制成了钢弹壳。经过长期的反复实验，大炮的射程也已经提高到八华里。在前线上，我们的大炮，抬起了头，张大了口，要消灭那些敢于拒绝投降的敌人，解放祖国神圣的土地！

第三次负伤

抗日战争胜利了。人民渴望着和平生活。军工部根据群众需要，准备把一部分兵工厂改为农具工厂。但是，躲在峨眉山的蒋介石，却妄图抢掠人民的胜利果实。1946 年夏天，在美帝国主义支持下，国民党军大举进攻解放区。淮南又成了炮火弥漫的战场了。敌人拿刀，我们也拿刀。要打就打到底！在一个黑夜里，我们接到命令，所有兵工厂连夜向北转移，继续生产，供应战斗需要。

各工厂编成了战斗大队，同志们扛着步枪，挂好手榴弹，拆下机器，把材料装了箱。好几百农民携带杠子绳索来帮助搬运。

敌机结队低空盘旋，下雨一般地投掷炸弹，并追着我们的队伍扫射，照明弹布满天空，照耀得如同白昼。敌人的大炮炮弹带着刺耳的声音，不断在周围爆炸。同志们就在烟火中前进。

黎明前，工厂撤到南山河南岸一个村庄，离战线四十多里。我因为照料军工部撤退，最后赶到，只见树林里堆积着机器、工具和材料箱。同志们抱着枪，倒在树脚下、草堆旁，呼呼地睡着了，身上被露水浸得湿漉漉的。朝霞的光辉透进了树林，清冷的晨风把树叶上的露珠扫落下来，我不禁打了一个寒噤。

我累得眼睛也睁不开了，可是不能睡，我轻轻推醒一个一个同志：

"起来吧！天亮了！"

同志们站起来，把步枪和手榴弹挂在树枝上，动手整理机器，利用战斗的间隙，制造炮弹。一部分工人担任警戒，爬上树梢监视敌机。大家把天轴抬进村子，在一所较大的茅屋梁柱上架起来，各小组长带领组员们忙着安置机器工具。车工们在天轴下面排列旋床，钳工组在工作台上装置老虎钳，锻工组砌砖和泥，筑起锻铁炉，司机架上轻便的柴油机。不到吃中饭时间，工厂的机器全旋转了。

敌人疯狂地进攻，我们准备利用晚间继续撤退。

宽阔的南山河横在我们背后，由洪泽湖奔来的急流，涌进四里多宽的河道，流入高邮湖，向东南奔进长江。敌机封锁了河面，轮番扫射，打得河水直冒花。为了赢得撤退的时间，我告诉厂长，集中暂时不用的机器、工具和材料，连同工人家属、小孩和病号，先渡过大河。随后又骑上马，跑去通知军工部材料科，带上所有的材料、工具，准备渡河。

我们派了十多个同志沿河找船。

炮声越来越近，敌人推进很快，离我们只有二十多里了。出去找船的同志们，动员了上百的农民，在河里打捞起十多只被敌机击沉的小木船，工厂的木工在树荫下加紧抢修。只等天黑，开始渡河。

傍晚，阴霾逐渐把晚霞的余晖吞没了，顿时天昏地暗，降下倾盆大雨。大雨过后，又是狂风，岸边的芦苇，被吹得茎断叶残，河水暴跳不停。大家把修好的小船放下水，装上机器、材料，渔民撑开竹篙，同志们帮着摇桨。小船没有帆，同志们用背包绳把军毯系在两根竹竿上，两个人抱一根竹竿。军毯鼓满了风，带动小船迅速地绕过沙洲，直达北岸。河那边，早就动员好老乡们等着接运了。

当夜，敌人占领了南山河下游的黎城镇，离我们工厂仅有五里地，听得见密集的枪声。工厂立即停止生产，准备撤退。

一连几日几夜不能休息，我的左眼又红肿起来，不住地淌眼泪。在这次转移中，军工部长劳累过度，旧病复发，连日吐血。指挥工厂转移的担子全放在我肩上了，我找医务员给我洗了眼睛，扎上绷带，坚持工作。

又是一整夜的抢渡，天亮，我们跟后卫部队一起，安全地渡过了南山河。

接着，敌人侵占了整个淮南。

兵工厂继续向北转移，敌机也紧跟着骚扰。一个月后，我们撤到了淮阴新四军司令部所在地，跟华中的军工部门合并，我被调到华中军械处担任副处长，兼任华中炮弹厂厂长。

敌人疯狂地向北侵犯，战争的中心移到了两淮（淮阴、淮安）。我们接到命令，带领兵工厂转移到山东的沂蒙山区。

工厂又忙着拆机器、装材料。从车间里铺设了一条临时铁道，通到射阳湖的岸边，大家推着铁车，把笨重的机器运到湖岸，再用粗大的树干搭起架子，当作起重机，把机器、材料吊起来送到大帆船上。一溜数十条大船张开了白帆，像一支出海舰队，浩浩荡荡，越过了射阳湖，驶进中山河的支流。

前面有一座小山堵住去路，船停住不动了。跑上小山一看，前面是一片广阔的平原，中间淌着黄水滚滚的黄河故道。这小山就是旧黄河的堤岸。旧黄河河床本来没有水，有的地方早已种上庄稼，国民党反动派为了配合它的军事进攻，竟不顾人民死活，在上游扒开缺口，把洪水重又导向黄河故道，在我们到来以前，无数田园和村庄已经被淹没了。我们离开了中山河上的船只，准备跨过旧黄河，继续北进。

在又高又陡的旧黄河堤岸上，我们拣好一棵粗壮的大树，架上起重滑车，滑车的巨钩套住捆在机器上的绳索，把又圆又粗的木棍垫在机器下面当车轮，上面的同志拉滑车的铁链，下面的同志拿铁杆撬着机器，上下一阵吆喝，那笨重的机器，像蜗牛一样缓缓爬上一百多公尺高的斜坡。接着，又把滑车移到前面的大树上或是木桩上，一步一步把机器拉到两里地外的渡口上。同志们跳下水，来回推着仅有的一只渡船，把机器、材料运过了宽阔的旧黄河。最后在新沂河换了船，经过小河道，斜穿陇海路，进入了山东境内。

船只向西北行进，河水越来越浅了，早潮起来时，海水向西灌进小河，河水涨满堤岸，河上有桥挡住，我们就把船硬向下压，拖了过去。天过正午，河水随海潮又回头向东，直往下降，变成了浅水沟渠，船只搁在河底上，静静等着晚潮上涨。再往北行，地势更高，想寻找河水最深处挤过去，但是机器太沉重了，压得船底紧贴着河底淤泥。同志们卷起裤腿，爬上两岸，拽起纤绳，拖着躺在光滑淤泥上的木船，步步前进。

秋末的骄阳像一团烈火，河底的淤泥都被烤干了。北去的航路最后断绝，我们只得转入陆地行军。老乡们有的套上双轮牛车，有的推着独轮车，赶来搬运机器。一千多头黄牛，二百来架手推车，车挨车，人挤人，排满了十里路长的堤岸。

再向北去，路很狭窄，双轮大车搁不下，只好让一个车轮在小路上滚动，另一个车轮由同志们抬着向前走。一到天黑，树林就是住地，人们烧起成堆的篝火，啃着冰冷的干粮，夜间就钻在大车底下，呼呼睡去。我不敢停脚，骑着马东奔西跑，寻找区村干部，安排明天的行程和粮草。刚一合眼，队伍又要出发了。

离开淮南，正是炎夏季节，到达沂蒙山区，已经满天飞雪了。我们在河滩上一个背靠悬崖的村庄里，安下了家。同志们扫去堆积在机器上的厚雪，在茅草屋里架上天轴，继续制造弹药。

战火燃烧到山东解放区。敌机四处扰乱，邻近十多里的村镇都被炸平了。但是我们的工厂始终平安无恙，因为那险峻的崖顶向前突出一大块，正好掩护，敌机怕撞上高峰，不敢低飞，炸弹丢不准，不是落在河心里，就是落在山头上。只要山不塌，机器声就不停止。

可是，经过长途强行军，我的健康受到严重的损伤。时常头晕，炸瞎的那只左眼，老是红肿不退，直流黏水。不想吃饭，夜夜失眠。有时工作着就晕倒了。

党决定送我到东北，把身体治好。

1947 年初春，我和陆平穿过胶济铁路，到达烟台附近的一个渔村里，这就是渡海兵站的所在地。一个黄昏，我们乘着一只小火轮，离开了码头。在惊涛骇浪里，躲过敌舰的探照灯光，在第二天黎明，冲破敌人的封锁线，到了东北的一个海港。

在海滨的山坡上，我住在一座小楼里休养，上级找来许多医生，给我治疗眼睛。医生们诊断：眼睛红肿流黏水，是因为左眼里留有弹片，在当时的技术条件下，是无法取出来的。唯一的办法是静养，多休息。

早晨，太阳从海水和天空连接的地方升起来，红色的光芒把屋子照得通明。正是 4 月，山间背阴地方还有残雪，可是在向阳的小楼周围，绿草丛中已经开出一朵朵不知名的小花了。在这样美好的春天，不能工作，真是莫大的恨事。每夜我躺在床上，都是翻来覆去不能入睡。心想：如果医疗无效，就赶快到工厂去吧！每时每刻，我们的同志，我们的人民都在从事艰苦的战斗。而我却这样白白荒废时光。休养了一个多月，我再也不能安心住下去，就请求恢复工作。

在毛主席英明的战略思想照耀下，人民解放军迅速转入反攻，国民党反动派在各战场上都遭到惨败。敌人的美式装备大批落在人民手里，我们的野战军装备了大钢炮。战争已经是大规模的攻坚战和阵地战了，没有大量的炮弹，就不能保证战斗的胜利。当地党组织得到指示：争取在很短时间内，建立大规模的炮弹厂，支援伟大的人民解放战争。

7 月，我被留下参加建立新的兵工厂。前淮南军工部政治委员吴屏周也被调到东北，负责建立炮弹厂，并担任厂长。我担任总厂工程部副部长，负责建立引信厂，兼任厂长。

为了提高炮弹产量，我建议改变生产方法，用水压机压制，来代替半手工切削，这样可以使产量提高数十倍。领导们同意了我的意见，委托我去帮助吴屏周建厂，同时负责安装水压机。

在荒凉的山沟里，筑起了钢骨水泥的工厂，高大的水压机一座座地耸立在车间里。各种工作母机整齐地排满了加工车间。

无数电动机拖动了全厂机器。我们已经不再摇动石头磨子和用毛驴拖车轮子，而是电气化了；也不再用手工方式造生铁炮弹，而是使用近代化的机器来造大型的美式钢炮弹了。我们自己也有近代化的电气炼钢厂和新型的火药制造厂了。革命事业飞快地发展着，人民的胜利临近了，斗争要求我们尽最大努力，不要掉在后面。

我们废寝忘食地工作着。白天，我在炮弹厂车间里和工人同志们一起安装工作母机，研究制造炮弹的方法；夜晚回到正在建设中的信管厂，和同志们一起计算引信零件的工时和所需要的机器，研究制造方法，计算材料的需要量。晚上，住在信管厂里，常常工作到夜深，设计新机器。为了赢得时间，决定提前进行炮弹试验，准备厂房完全建成以后，立刻正式生产。

在炮弹的试验生产中，钢炮弹上的铜弹带始终没法压紧，因为我们没有这种专用的巨大水压机。如果弹带嵌压不紧，就会引起炮弹在炮筒里爆炸，把大炮炸毁。可是，时间已经不许可我们造这样庞大的特种水压机了。这个困难不解决，生产就无法进行。我忽然想，可不可以研究一种简单的工具，来加大弹带的压力呢？长期和炮弹混在一起，我已经逐渐掌握它的性格了。我立刻开始设计，用一段粗钢柱制成一个漏斗形的钢模，迫使弹带周围都能受到高压，牢固地嵌在炮弹上，使炮弹在发射时，不会受到火药的高压而脱落，保证炮弹在战场上不发生危险事故。和工人同志们一商量，大家都说很好。果然钢模造好以后，一试验就成了。

炮弹生产技术上的问题，在大家共同努力下，一个个被解决了。最后碰到炮弹钢的热处理问题。钢炮弹最后要不要热处理加工，只有进行炮弹爆炸试验，检查破片的情况才能决定。

我搬来了八个炮弹壳，傍晚回到信管厂，准备明天试验炮弹爆炸。

我走进了建设着的火药装配车间。车间主任陆平正带领女工同志们连夜在整理工具，安装新机器。几天没回来，工厂已经变样了。前几天，地上还是坑坑洼洼，四壁透风，现在已经铺上水泥，安上高大的玻璃窗了。

陆平帮我找齐要用的工具，我工作到深夜，装好了八个炮弹。第二天早晨，把炮弹搬上了车，运到炮弹厂。临上车时，陆平赶来嘱咐着：

“当心一点儿，不要又挨炸。”

“得了吧！炮弹总算跟我有了交情，这回也许客气点儿。”我顺口回答她。

午饭后，开始了试验。

在傍海岸的山脚下，选好了试验场。我怕发生意外，让同志们都留在山外边。吴屏周和我走进山里，在山脚的乱石坪上，挖了一个坑，把炮弹埋进去，外面只露出炮弹的信管。又在信管撞针的横销上系一根绳子，拖到远处小土丘的背后。我俩卧倒在土丘后面，张大了口，免得耳朵被爆炸声浪震聋。我把绳子一扯，岩脚下立刻像火山爆发，地里喷出一支火柱，那巨大的爆炸声冲击着山岩，震得悬崖上的石片和泥土纷纷下坠，声浪被高山阻挡回来，消逝在辽阔的海洋上。炮弹的破片和碎石凶猛地向四面飞迸，“簌簌”飞过我们的头顶，飞进了奔腾的海浪里。

我们两个紧紧地贴在地上。吴屏周微微抬起了头，伸了一下舌头：

“好家伙，真厉害！”

“就是要它厉害啊！”

我俩站起来，掸掸身上的土，忙去搜寻破片，做好爆炸结果的记录。接着埋下了第二颗炮弹。

第二颗炮弹也同样地爆炸了。

又埋下第三颗炮弹。我使劲一扯绳子，撞针的横梢掉了，可是炮弹却不声不响，我们伏着一动也不敢动。吴屏周忍耐不住了，站起来，要跑去看个究竟。我连忙扯住他的衣服说：

“再等一下！像这样的事也是常有的，炮弹当时不爆炸，等你走近它，它又正好爆炸了。我们抽支烟吧。”

海涛不息地喧哗奔腾着，炮弹仍旧是没有动静。心里很烦躁，我丢掉烟头，一跺脚，对吴屏周说：

“你蹲在这里等着，我先去看看。”

我蹑手蹑脚地走近炮弹，轻轻卧在地上，仔细地观察，寻找它不爆炸的原因。神经一阵阵地紧张，心里怦怦地直跳，我长长呼吸了两下，让自己镇静下来。

撞针打下去了，有没有打中起火雷管呢？得不到答案。唯一的办法，只有冒着危险把信管拧下来。我紧紧地握着信管，使劲儿一拧，心又急跳起来了，我屏住气息，慢慢卸着信管，警惕它受到震动。吴屏周不放心，紧跟着也跑来了。我们刨开炮弹周围的泥土和石块，把炮弹从土里起出来。紧张的搏斗结束了，汗水湿透了内衣，清凉的海风吹过来，身上说不出的畅快。

这一颗炮弹作废，我们继续进行试验。第四颗、第五颗、第六颗都爆炸得很好，扬起的尘土像浓雾一样弥漫了山脚，那沉雷般的爆炸声夹着弹片的呼啸，压倒了海浪冲打山脚岩石的怒吼。

我使劲地扯动了第七颗炮弹的绳索，炮弹没有爆炸。再拉绳子，绳子却松劲地躺在地上，我怀疑这绳索中段某处被拉断了，慢慢地把绳子收回一看，绳子头牢牢地拴好钢丝的横销，可是炮弹还是不响。吴屏周和我彼此望了一眼，他眉头一皱：

“怎么又不响啦？”

“照老规矩，抽烟！”

我们点着香烟，一声不响地蹲在土坡后面，低着头苦苦地思索炮弹不响的原因。

“难道又是信管的毛病？”我脑子快要炸开了。

“那可不一定！”吴屏周说。

忽然他用力摔掉手中的半支香烟，向炮弹跑去，我一抬头，他已经上了土坡，我急忙丢掉香烟追过去。

“等一下，别动手。”我一边跑一边喊。

“这回该我了，你别来！”他只顾往前跑。

我们两个同时到达埋炮弹的地方，老吴背着高山蹲下去，准备检查炮弹，我背着大海也蹲下来，钢炮弹就在我俩中间。没想到我两腿刚往下弯，这炮弹就像山崩地裂样地爆炸了。

巨大的爆炸波浪把我从地面抛起来，我心里像着了火，窒息难忍，两手紧紧抓住胸前的衣服，想把它撕开。我被轰到五六丈外海滩的沙地上，只觉得天旋地转，两眼迸着火花，在那一瞬间，我以为自己已经死去了。一阵剧烈的疼痛告诉我，死亡还没有夺走我的生命。我活着，我还活着。可是我的伙伴呢？我的同志呢？我一翻身，想站起来去寻找吴屏周，可是马上又摔倒在海滩的血地上。我的左手腕被炮弹截断了骨头，右腿膝盖下被炮弹炸劈一半，骨头也截断了，脚趾炸去了一半，脸上许多伤口不住流血，炸烂的衣服被血浸透，成了血人。我翻身跪在地上，右手撑着地，向山坡爬过去，刚移动一步，又摔倒了。我又挣扎坐起来，用眼睛向山脚那边寻找我亲爱的同志。只见岩石旁躺着一条模糊的黑影，吴屏周被轰到山岩脚下。我拼命地高声叫喊：

“老吴！老吴！……”

可是他一声不应，躺在那里。我想他一定是昏过去了，听不见，更使劲地叫喊着：

“老吴！老吴！”

等在山坡外的同志们，在巨大的爆炸声后，听见有人喊叫，唯恐发生事故，有两个同志连忙沿着山脚过来了。

“同志们！快把吴厂长送到医院去。快点！快点！”我声嘶力竭地喊着。

那两个同志跑到吴屏周面前，蹲了下去，不一会儿，又慢慢地站起来，立正摘下帽子，低下了头。

吴屏周牺牲了！

他在旧社会里从小就受苦，父亲是一个火车司机，全家缺吃少穿。抗日战争开始，他就参加了人民军队，起初在津浦路西解放区做群众工作，后来担任了淮南军工部政治委员，不久前担任华中军械处的政治委员，被派到东北来建立炮弹厂。我们并肩战斗，同甘共苦。现在，这个党的优秀儿子，工人阶级的战士，为了人民解放事业，流尽了最后的一滴血。

哀痛使我忘掉肉体的痛苦，眼泪夺眶而出，泪水掺和着脸上的鲜血，滴了下来。

一辆大卡车开到山脚下，车上垫好三床棉被，同志们把我抬了上去。

汽车开过乱石地，车身猛烈地颠簸着，我咬紧牙根，忍受着疼痛。汽车开出山口，总厂党委书记带着护士慌忙地赶来，给我注射强心剂和止痛剂，做了止血手术。党委书记爬上汽车，抱住我的头说：

“运铎同志，我来晚了，使你受苦了。”

我伸出手，想握握他的手。可是，又是一阵疼痛，只喃喃地说：

“我很快就会好的。”

汽车转上平坦的公路，奔向医院。同志们在两旁用手紧握着棉被的边沿，把我抬下车来。我昏迷地躺在手术台上，医生们用剪刀剪去我全身衣服，要把那些大块弹片取出来，却没法下手。因为我全身是伤，没法施行局部麻醉，如果施行全身麻醉，又怕麻醉过去醒不过来。医生只好干脆不用麻醉，把我按在手术台上，用刀、用钳子硬干。

我昏过去，醒过来，就像经过好多个漫长的日夜。党给我勇气，让我敢冒生命的危险，党也一样给我毅力，来克服疼痛。我忍受着，忍受着，竭力不叫出声来，又昏过去了。

永远前进

不知经过多少日夜，我才清醒过来。

一个早晨，正在睡梦中，忽然感到手脚被什么东西夹住，伤口疼痛难忍。睁开眼睛一看，陆平正俯在床边上，带着忧虑的神色，紧紧抓住我的手，不让动弹。工厂派来的小朱双手抬起我的右腿，医生们正在换药。疼痛钻心，我咬紧下唇，轻轻哼了一声。陆平更紧地抓住我的手腕，好像怕我从床上滚下来。她朝我一努嘴，镇静地说：

“别动，马上就完了！”

我昂起头，眼睛随着医生的手转动，只见右腿下半截全炸烂了，手指那么粗的青筋也炸断了，有两三寸长的一段吊在伤口外面，左腿被碎片崩的尽是芝麻大的窟窿，就像一个个蜂窝。医生在右腿的大伤口上，一连塞进去几大卷纱布。换药延续了一个多钟头。

我觉得胸部一阵阵的痛。陆平忙掀开棉被，解开我的衣服，发现左胸突起一块茶杯口大的紫黑色伤痕。陆平呆呆地站在那里，她用惊奇的眼光凝视着伤痕，思索了一会儿，急忙转过身去，拉开小桌抽屉，拿出一只怀表，递给我说：

“你看巧不巧？这是在你衣袋里掏出来的。”

我也愣住了。原来有一块凶恶的弹片，正巧被左边衣袋里的怀表挡住了，表里的机件打得粉碎，只剩下击扁了的外壳。如果没有这只怀表，或是弹片再偏一分，那就一切全完了！

我躺在床上，左手和右腿都被夹板牢牢地固定了，头部、腹部一直到脚尖全被纱布绷带缠满，就像被铁钉楔在床上一样，一动也不能动。我知道伤势是严重的。在皖南，机器砸坏了左腿；在淮南，雷管炸断我四根手指，炸瞎了左眼，身上留下大大小小的伤疤；这一次，又会落个什么结果呢？从那些来看望我的同志们的脸色上，可以得到答案。但是，我相信死亡跟我无缘，我战胜它已经不止一次了。而且，即使是死，或者落个重残废，在我也没有什么遗憾！既然是战斗，总有牺牲者，不是自己，就是别人。在这时候，不禁想到奥斯特洛夫斯基在《钢铁是怎样炼成的》这本书里通过保尔·柯察金所说的话：

人最宝贵的东西是生命，生命属于我们只有一次。一个人的生命是应当这样度过的：当他回首往事的时候，不因虚度年华而悔恨，也不因碌碌无为而羞耻。——这样，在临死时候，他就能够说："我整个的生命和全部的精力，都已献给世界上最壮丽的事业——为人类的解放而斗争。"

是的，一个人的生命是短促的，而我们的事业却无限长久。个人可能会遇到许多不幸、许多痛苦，但是只要我的劳动融合在集体的胜利里，那幸福也就有我的一份。只要我活着一天，我一定为党为人民工作一天。

远在1943年春天，在伟大的整风运动中，党就号召我们学习保尔·柯察金的优秀品质，努力提高思想觉悟程度。不久，我从淮南《抗敌报》一个同志那里借到《钢铁是怎样炼成的》这本书，那是淮南仅有的一本，经过许多人的手，书的边角已经卷起来了。虽然由于环境的艰苦，灯油越发越少，灯草也由三根减到一根，但保尔·柯察金仍然跟我一起守着微弱的灯光，度过好几个夜晚。在他那火焰一般绚丽的生命光辉的照耀下，我真正感到自己的渺小。但是我也毫不气馁地勉励自己：应该不愧为他的一个朋友和同志。

解放战争正当紧张的关头，前方多么需要炮弹，我却老是躺着，一动也不能动，总觉得没尽到责任。为了静养，我曾强迫自己不想，可是只要精神稍好一些，头脑里就会出现工厂里、前线上激战的场面。我的心飞出病房，奔到工厂，想象着车床在飞速旋转，大批大批的炮弹生产出来，日日夜夜，用卡车装着，用毛驴驮着，用牛车拉着，越过凸凹不平的道路，越过遍地泥泞，送到前方去。我们的炮弹，像疾风暴雨一般，落在敌人阵地里，在漫天的烟尘中，敌人的工事垮了，战士们突破重重障碍，把胜利的红旗插在祖国的各个角落。

然而，一睁开眼，望见的只是雪白的天花板。劳动的欢乐，胜利的喜悦，都离得很远。我感到不安了，哪怕是回工厂看一眼，呼吸一下工厂的空气，也会给我很大的满足。我开始了挣扎。不料，刚一挪动身体，剧烈的疼痛又把我扳倒了，使尽了最后一点儿力气，也没有爬起来，我恨得流下了眼泪。

腿上那根被炸断的筋已经割掉了，只剩下一根细骨头连接着脚和腿，腿骨缺了一寸多，短时间是长不好的。听医生们说，如果把腿锯掉，一星期就可以出院。我几次下决心锯掉腿，装一只假腿，回去马上可以工作。但是，我和陆平一商量，她却不同意。她严肃地说：

“最简单的办法，不一定是最好的办法。腿能锯掉，眼也能挖掉，对个人来说，顶多有些不方便。可是怎么工作呢？快别胡思乱想了！”

我再也无话可说，不得不丢掉锯腿的念头。可是我还是极力想做点什么事情。

我曾经多次拆过信管，也读过有关信管的材料，如果把自己的心得写出来告诉同志们，他们一定要少走一些弯路，对建厂也许有些帮助。经过再三请求，医生们才同意，他们把我扶起来坐在病床上，背后垫了两床棉被，又给我找来一块方木板，摆好纸。我用绕满绷带的左手和木夹板按着纸张，右手慢慢地写文章。头一天，写了两千字，心里充满了愉快。一连三天，我连写带绘图，完成了初稿，送到总厂。他们用油印印成了小册子，党委还在第一页上加了按语，这给了我非常大的鼓励。

浑身疼痛还没有减轻，又咳嗽起来了，我怀疑有肺病，医院里给我拍爱克斯光照片，证实肺部正常，只是脑壳和两腿有些碎弹片。医生也不瞒我，坦率地说：

"你的左眼失明，是弹片崩的；现在据爱克斯光照片诊断，你的右眼里，也有了一小粒破片。"

那就是说，剩下的一只眼睛也碰到危机了，每年每月，都要过黑暗无光的生活了。我着急地问：

"很快要瞎吗？"

"很难说。"医生惋惜地说。

我不愿再问了，双目失明，的确是致命的打击。没有了眼睛，能做什么工作呢？工厂不需要失明的人，机器也不愿意和盲人做伴。我想起儿童的时候，矿山上常有一个盲人坐在街头的树荫下说书，弦子一拉，周围就集拢来一大群人。他那充满情感的声调，引起了许多老人的叹息、青年的愤慨和孩子的好奇。我和二哥常常听《岳传》听到半夜，不肯睡觉。那些矿工们也忘记了劳累，一直听到散场。如果我瞎了，就到农村去，做一个盲人宣传者！

做一个歌唱宣传员，得学会一种乐器。央求陆平给我买了一只胡琴，我用左手仅剩下的一个小拇指，在弦上滑动，学习拉胡琴。

左手腕的骨头已经接好了，在爱克斯光照片上可以看见折断处四周长了一圈新骨头，正像电焊工焊铁棍一样，牢牢地把两截断骨连接起来了。可是右腿骨仍旧有一寸来长的空间，新骨头一点也没生长，瞧着爱克斯光照片，真叫人发愁。医生用石膏绷带，把我从脚趾直到大腿全裹上，把伤口部分的石膏绷带挖了一个大洞，每天照样换药。为了使我早日复原，医院特别照顾我，对我的饮食做了安排，让我多吃含有钙质的东西：鸡蛋、牛骨髓、螃蟹、虾、海带。不过，要让这一寸长的骨头重新长起来，至少还要几个月。怎样度过这痛苦而又漫长的日子呢？我给自己排了一个课程表，抓紧时间学习。以前，因为缺乏必需的知识，工作中碰到过许多困难；现在正应该奋起直追，趁着眼睛还能用，赶快把自己充实起来。

我如饥似渴地读着各种文学书和理论书，也学了外科医药知识。后来又学习外国语文。我们过去搞到不少日文技术书籍，可惜看不懂。现在我要求组织上请来一个日文教师，学了三四个月以后，借着字典的帮助，居然能看日文书了。

春天的太阳越过海岸上的山峦，金色的光线穿过玻璃窗，射进了病房。我给自己的课程表新添了一门功课：每天在床上做早操和晚操，争取早日下床。

周身的伤口都已经封口了，只剩下右腿上的伤口，还是顽固地张开红色小口，折断的骨头也没有长好。半年多来，一直躺在床上，背脊、屁股老磨着床垫，肌肉都磨烂了，只得用汽车内胎打足气当垫子。长期不运动，各部关节也逐渐地丧失了机能，脊椎骨硬得像是成了一整块骨头。我在病床脚头的栏杆上拴上一根粗绷带，用手拉着，想慢慢使上段身体离床坐起来。第一天，因为急着要试试，用力过猛，把绷带拉断了。第二天，拴上了一根更粗的绷带，继续练习。

到了4月，腿上的伤口完全长好了。一天早饭后，我右手拉住系在床头上的绷带，左手撑着病床，使劲抬起了身子，坐起来了。过分的兴奋，使我的嘴唇不停地颤抖，两手也微微哆嗦。我极力镇静下来，开始第二个动作。我试着移动右腿，沉重的石膏腿像生了根一样，一动也不动，但是左脚已经不知不觉落地了，被子也被拖到地上。陆平连忙递给我两根新拐杖，小朱抬起我那沉重的石膏腿，轻轻地放在地下。我把拐杖支在腋下，左腿一蹬，离开躺了七个多月的病床，站起来了。虚弱的左腿支不住全身重量，不住地颤抖，全身也不停地乱晃，吓得陆平和小朱赶紧扶着我。我撑开双拐，左脚向前一步，顾不了打扰隔壁病房的安静，快乐地高声喊着："第一步！"接着又移动双拐，高声喊着："第二步！""第三步！"

我走近窗口，从三楼上明亮的大玻璃窗里望见远处绿油油的山，淡蓝无云的天空。我推开窗子，温暖的风，带着诱人的清香迎面扑来。多好的春天啊！

海岸上传来工厂里迷人的机器声，我的心也跟着它怦怦跳动。我禁不住喃喃自语：

“走着瞧吧！我一定要赶上你们。”

再不能等待了！我要回工厂，把七个多月的空白全给填满！我走近墙边的沙发，放下双拐，坐下来写报告，请求区党委准许我出院。

当天下午，接到区党委指示，已经在离海岸不远的风景区，拨出了一幢楼房，要我继续休养。

遍地是青葱的林木，建筑物整个坐落在绿海里，微风不时吹来桃花的落英。小朱扶我下了马车，我架着双拐，走进庭院。小径两边尽是花草。住宅里有明亮的会客厅，铺着地毯，摆着整齐的沙发和餐桌，卧室里摆着钢丝床和衣柜，读书室里靠窗口摆着书桌和书架。一切都好。

每逢假日，工厂的同志们常常来看我，告诉我许多令人兴奋的消息：工厂已经建立起来，炮弹也开始生产了。我想研究一种烈性炸药，增强炮弹的杀伤力。对炸药我学的并不多，不能说是内行，正因为这样，就更想研究它。我搜集了许多有关炸药的日文书籍来阅读。不过书里对这种炸药谈得也很零乱，我就一点一滴地学，再把那些片断连贯起来。一种学问，初学起来，是那样深奥，那样枯燥，可是一钻进去，就觉得趣味无穷，不忍释手了。我一边读一边记录，越读越有味道。

我又请求上级购买了化学实验仪器和药品，在疗养室里布置了一间小型的炸药实验室。疗养院的党委非常关心我的实验，房子不够用，特地拨给我一幢房子做操作室，分为化工室和机械室两部分。我成天在实验室里工作。首先精制原料，使原料重新结晶；接着又把玻璃盒里装上冰块，制造冷冻液，使炸药原料在-15℃硝化。可是，开始试验总不顺手，烧杯一接近冰碴就碎了，硝酸跑得没有影子，一连好几次都是这样。屋里弥漫着硝酸烟雾，呛得人不能张口。我并不灰心，坚持实验，克服了各种阻碍，两个月后，终于造成了这种高级炸药。

转眼就到夏天了。每天傍晚，迎着灿烂的晚霞，我沿着平滑的林荫路，撑着拐杖散步。经过爱克斯光检查，腿骨已经完全长好，新的骨头填满了那一寸长的空间，医生给我解去了十多斤重的石膏绷带。只是刚长出的嫩骨头支持不住身体的重量，还需要拐杖的帮助。我盼望尽早丢掉拐杖，自由地行走。

随着解放战争的胜利，缴获的美国大炮更多了。我们工厂的任务也逐渐加大，要大量制造美式炮弹。各种炮弹的信管构造很复杂，而且要具有极高的灵敏性和安全性。总厂厂长几经考虑，决定把设计信管的任务交给我。

全国大陆解放的日子越临近，也更需要我们贡献力量。可是一时又不许出院，我再三请求，让我在疗养院研究和设计草图。上级同意了，并且送来新的制图机和仪器，还有这种信管的参考实样。我又布置了一个机械设计室，钳桌上安好了老虎钳、手摇钻，准备了锉刀、铁锤和别的一些必需工具，动手研究信管每个零件的制造。

我谨慎地拆开一个信管，仔细研究每个零件的作用和构造。这是由七十多个零件组成的极复杂的装置，信管的雷管装置得很特殊，雷管里的火药全封得死死的，炸药无法取出来。取不出炸药就无法进行化学分析，就不能了解这种炸药的成分。我坐在钳桌旁边，用两块木板夹着雷管，再轻轻卡在老虎钳口里，特别小心地用小刀一点又一点地挖去雷管口上的金属封闭片。不料刚一瞧见那白色的炸药，忽然雷管轰的一声爆炸了，幸亏老虎钳口挡住了破片的横飞，雷管破片向上冲起，把天花板捣了个窟窿，老虎钳的钢口也崩掉一块。

小朱听见爆炸声响，惊慌地闯进来，把我上上下下打量一遍：

"没出事?"

"你看!"我指着老虎钳缺口。

他长吁了一口气：

"好险!"

等他走后，我又夹上第二个雷管。除去刻掉雷管封片外，没有别的安全有效的方法。我坐到钳桌旁边，再照以前的方法，用小刀缓慢地刻着，刻一刀停一停，最后取出了炸药。

到了秋天，信管的图样全部完成。我丢掉了那两根拐杖，可以拄着一根手杖行走了。只是腿上的筋断了，转动不大灵活，走不快。

我终于回到了工厂。

几个月不见，工厂完全变了样，在原来的空地上，出现了一排排的新厂房，连厂里道路我也摸不清了。同志们看见我回来，都很高兴。总厂建立了新的机械、物理、火药化学实验室，指定我兼实验室主任。不久，新引信开始了正式生产。

接着，总厂成立了一个专门学院，培养技术人才。讲课的人都请来了，只有机械系少一个机械制图讲师。总厂厂长跟我商量：

“老吴，你教书吧！”

我吓了一跳，心想这完全是一场误会。“我小学还没上完，怎么能够去教大学生呢？”我连忙说。

“别开玩笑了！这可不是咱们干的。”

“照你说，该谁干呢？”

“你知道，我是个工人……”

“还有最重要的一点：你是个共产党员。咱们学会了打仗，学会了造枪造炮，也得学会教书！”

早年在煤矿里做工，我只会看图纸，总觉得制图很奥妙。参加革命以后，因为工作需要，不得不亲自设计图样，不知不觉也会制图了。但是要真正讲出道理来，那就不能光凭经验，还需要理论知识，这正是我所缺乏的。一个共产党员不应该拒绝学习，我同意去试试。

同学们在讲台上摆好了座位，脚下还安置了一个搁脚的软垫子。我就坐着讲了半年课。每天晚上，我在灯下阅读参考书，结合自己的经验，编写讲义。这使我自己也有很大的提高，弄懂了许多以前不大明白的东西。我深切体会到：要当先生，先得当学生。

在党的正确领导下，我们的工厂实行了社会主义企业管理，我们造出的炮弹，不仅源源不断地送到辽沈战场，并且漂洋过海，送到遥远的淮海前线。我们深深引以为豪，因为在人民解放斗争中，我们始终坚守着自己的岗位，工作得像一个真正的战士。

1949 年 10 月 1 日——永远难忘的日子，毛主席宣告：中华人民共和国成立！旧中国死亡，新中国诞生。中国人民站起来了！

祖国以闪电般的速度前进着。码头上起重机轧轧作响，列车载着各种器材开往建筑工地，第一批勘探队已经出发到边远地区，寻找埋在地下的宝藏。高山峻岭之间，正铺好枕木，开凿隧道。淮河两岸集结起百万劳动队伍，展开了征服灾难的斗争。每天打开报纸，这里是新纪录，那里是新发明，“首次通航”“首次通车”、“首次开工”……这一切都标志着劳动人民掌握了自己的命运，他们会创造一切奇迹。这是毛泽东时代新的史诗，人民真正成了生活的主人。我渴望着迅速参加建设的行列，跟同志们一起，投进火热的斗争！

亲爱的同志们！我们每个年轻人，都应该是生龙活虎、精力充沛的战士，随时准备到最艰苦、最困难、最需要的地方去。我们要永远记住毛主席的教导，做一个毫无自私自利之心的高尚的人、纯粹的人，把我们的力量、我们的智慧、我们的生命、我们的一切，都交给祖国、交给人民、交给党吧！从人民和党那里，我们将获得无穷的力量，去移山倒海，开发矿藏，修建水闸，征服沙漠，把我们祖国建设成美丽的花园！在敌人还没有投降的时候，不要放下你的武器！在为实现人类最崇高的理想——共产主义的斗争中，做一个无限忠诚的战士，永远前进！

附录

历史印迹

出版至今，《把一切献给党》一书各版本合计已发行上千万册。

1953 年 7 月

1954 年 10 月

1954 年 10 月

1979 年 8 月

1983 年 12 月

1983 年 12 月

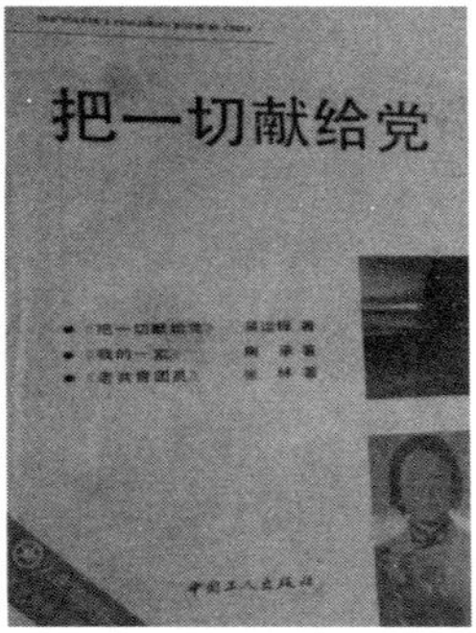

1989 年 12 月

1990 年 3 月

1995 年 6 月

2011 年 6 月

精神传承

《把一切献给党》出版至今，在各历史时期都产生了广泛的社会影响。

1956年，《把一切献给党》俄文版由苏联青年近卫军出版社出版。

1959年2月，天津人民艺术剧院导演沙惟读完《把一切献给党》，深受感动，将其改编为同名话剧、搬上舞台。后来，该剧在天津人民艺术剧院演了400余场，受到了观众欢迎。紧接着，上海人艺、武汉人艺等全国十几个专业院团都上演了该剧百场以上。

1960年，中国青年艺术剧院又由李章、于真执笔，将《把一切献给党》改编为三幕八场话剧。

1982年，中央人民广播电台播出了《把一切献给党》，大众反响仍旧热烈，吴运铎的精神仍影响着青年们。

1983年3月，当选为中国残联主席的张海迪与吴运铎在北京会面。张海迪希望吴运铎送她一本《把一切献给党》，并恳切地说："多少年来，我就是以《钢铁是怎样炼成的》《把一切献给党》作为自己的精神支柱才活到今天。"

1990年，《把一切献给党》被共青团中央、中国青少年发展基金会选入“人生的路标”丛书；该套书由邓颖超题写丛书名并作序。

1995年6月，《把一切献给党》《我的一家》（工人出版社出版），被中宣部、国家教委、文化部、新闻出版署、团中央联合推荐为“百种爱国主义教育图书”。

2009年9月《把一切献给党》《党费》《我的一家》《包身工》（工人出版社出版）入选“新中国60年中国最具影响力的600本书”。

2016年，《把一切献给党》入选中国出版传媒商报携手江西省井冈山红色书店联合推出的“建党95周年红色读物推荐书单”。

2020年8月，央视科教频道《读书》栏目专题推介了《把一切献给党》一书。

2020年，《把一切献给党》入选全总职工书屋推荐的全国职工主题阅读活动指导书目。